为爱而来 DOGS OF COURAGE

向所有辛勤工作的狗狗致敬

【美】丽莎·罗嘉克 著 潘艳梅 译

全国百佳图书出版单位
时代出版传媒股份有限公司
黄山书社

目录

引言

源于先天本能的勇犬故事

根据美国宠物产品协会（American Pet Products Association，简称APPA）2011年的调查，全美国大概有7820万只家养狗狗。澳大利亚的犬只拥有量在全球名列前茅，根据澳大利亚动物伴侣委员会（Australian Companion Animal Council，简称ACAC）2009年的报道，在澳大利亚国内，有高达36%的家庭至少拥有一条狗。

全球的情况都差不多：欧洲宠物食品工业联合会估计，在整个欧盟地区，27%的家庭至少拥有一条狗狗，这就意味着，这片大陆上有6000万只犬科动物，这是一个多么庞大的数字啊！而20世纪90年代宠物才开始有立足之地的日本，也大概有1800万条狗狗，而且，因为狗狗十分受欢迎，有家宠物食品公司每月都会给拥有狗狗的员工相当于10美元的宠物开支。

每一条狗狗都有可能成为勇犬，不论品种、禀赋和大小。每一条狗狗都有可能感动他人，不管是自己家的宠物还是陌生人的狗狗，那友善的一瞥或亲切的摇尾总会让人心情爽朗——勇犬们努力工作，以各种各样的方式帮助人类。现在有很多狗狗会接受训练，做各种各样的工作，为周围的人服务——可能是多年来一直和它们紧密联系在一起的人，也可能是刚刚碰上的人。一条勇犬可以在雪崩发生后，将人从山区救出，让其幸免于难，还可以让一个有创伤后应激障碍的老兵获得心灵的抚慰，帮助他勇敢地再次融入社会。这些辛勤工作的狗狗是人们生活的重要组成部分，不光是对那些狗狗爱好者而言，对全世界的人都是如此。成为勇犬不仅仅是因为它们做了人们训练它们做的事，很多时候，这是一种工作，它们打心底里喜欢的工作。

勇犬可以是各种体形和大小的狗狗，有经过精心训练的，也有从未踏足训练班的。从根本上说，它们的英雄行为源于其先天本能。不管它们背景如何，是纯种狗还是品种杂得你用一只手根本都数不过来的狗，作为人类最好的朋友，它们总会以惊人的方式，做着自己职责以外的事情，帮助自己所爱的人，甚至是素昧平生的人。

在新闻中听到各种勇犬的故事时，我们总会为之一振。在这个电视和网络上遍布坏消息的悲观年代，它们总会带给我们温暖。但当我们听说狗狗救了两只只有三周大就被人遗弃在繁华街道上等死的小猫咪，或一只仅有两条腿的狗狗在医院病房里跳来跳去，鼓励那些遭遇毁灭性打击的截瘫患者等类似的故事时，我们很难理解它们为什么会这样做，也无法知道它们到底是怎么做到的。

为什么狗狗会以自己的方式来帮助我们，且常常为此陷入险境？这样做又会对它们的幸福安康产生哪些危害？那些精心训练过的狗狗为什么会有那么高超的本领？比如，经过训练来协助警察工作的德国牧羊犬会不断追抓坏人，但不会咬他一口；而比格犬则能从试管里嗅出含癌细胞的试验标本。还有，狗狗为什么能与人成为搭档共同完成任务?

本书不只回答了上面这些问题，也解答了很多别的问题。我不仅聚焦于世界各地的狗狗，也关注历史上的狗狗。从它们的故事中，你能够了解到纵火调查犬是如何在瞬间就嗅出人和高科技设备都侦察不出来的可燃液体的位置的，你会发现搜救犬的能力是多么的惊人，它们能够追踪到几周甚至几个月以前的足迹和气味。

你会惊讶地发现原来勇犬可以担当如此多的工作。老实说，本书描述的很多狗狗都可以在多个章节中出现。比如，糖尿病和过敏警示犬还可以是导盲犬、服务犬和辅助犬。

因为医学界使用犬类来调查和帮助人类的事例实在是太多了，有关这些医学神探的故事，我用一整章都说不完。

导盲犬和服务犬除了在日常生活中为盲人引路外，还能为他们提供重要的理疗。所以，虽然可以将这类犬纳入理疗犬那一章，但我想还是单独用一章来好好描述它们一番吧。

虽然每章都有对世界各地狗狗的详细描写，但对于太特别的狗狗，我有时会单独突出来写，所以，每章中都会有狗狗的传略，它们的故事深深地打动着人们，让人温暖，给人鼓舞。

我们为什么会被勇犬的故事吸引呢？答案很简单：人和狗可以成为朋友。“狗会像人一样思考、感觉，并作出反应，这也解释了狗狗能够融入到人类社会中的原因，”美国第一个专门培训服务犬的机构——伴侣犬独立协助中心的创始人邦尼·伯根说，“犬类可塑、有多种技能、适应性强，这都跟我们非常相像……没有哪种动物能像狗那样为我们做这么多事、与我们建立这么亲密的关系，也没有哪种动物能像狗那样与我们多年协作，成为我们的搭档、朋友和助手。”

有关勇犬的故事很多，代代相传，要把这些故事都集中到一本书中实在很难。因此我只选了一些自认为最能反映犬类精神的故事：本能的爱、忠诚和勤恳。有些故事会让你声泪俱下，有些故事则会让你开怀大笑。总之，狗狗在做天性使然的事情时，完全不在乎自己是什么样子。从这些勇犬身上，我们能学到很多人生哲理，并应用到自己的日常生活中。

狗狗为何能以这么独特的方式打动我们的心，或许超级畅销书《马利和我》的作者约翰·格罗根的答案再好不过了：“人们能从狗狗身上学到很多东西，了解到怎样才能过上更加快乐和充实的生活，如何建立好的关系。想想吧，狗身上的很多美好品质——忠诚、无私、乐观和无条件地爱别人，对人类来说都是多么难得和宝贵。我敢说，行为像狗的人，婚姻也会更加幸福。”

因此，世界上会有这么多人喜欢养狗，也就不足为奇了。我们为什么希望身边有条狗呢？著作等身的青少年图书作家路易斯·萨宾给出了最简洁的答案：“不管你囊中有多羞涩，财产多么卑微，养条狗，你就成了富人。”

第一章 勇犬

2012 年 1 月 20 日，美国邮政服务公司发行了一套邮票，向特殊的一类犬——工作犬致敬。

从导盲犬到搜救犬，工作犬系列邮票上特写的狗狗每天都有无数机会向牵犬师或遇到的任何一人来展现它们的勇气。这套邮票上展现了四种正在工作的勇犬：一条军犬、一条正在为主人引路的导盲犬、一条治疗犬和一条搜救犬。

“能在邮票上纪念这些特殊的狗狗，我们感到非常骄傲，”美国邮政服务公司国土安全局协调员马歇尔·T·巴特勒在宣布邮票发行时说，“这些动物至关重要，它们能为有特殊需求的人服务，能成功完成搜救工作。”

邮政服务公司共印了 8000 万张狗狗邮票，很多爱狗人士说，到了让人们了解这些勇犬所做的工作的时候了。

狗狗生来就英勇，人们又想方设法将它们的这种本领引导发挥出来，从而为狗、为人类和社会谋利。

何为勇犬？

勇犬有着很多种含义。塔克，一只黑色拉布拉多犬，和研究人员一起在太平洋西北地区工作，帮助查找杀人鲸大量减少的原因。作为治疗犬，麦哲伦和摩西定期在德克萨斯州圣马科斯的一所小学工作，耐心地帮助孩子们提高阅读能力，每当孩子大声朗读的时候，它们就好像在专心地听。

十三岁的费根是一条捷克牧羊犬，在田纳西州孟菲斯的南海警察局与人类做了十一年的搭档，整日里忙着嗅麻醉剂，追踪犯罪分子。“它完全没有畏惧，”警察局局长史蒂夫·皮尔托说，“费根是条真正的工作犬，而且它很爱自己的工作。”

韦恩·帕金斯上尉是南海市K-9队的队长，费根大部分时间都跟他一起工作。他的同事——陆军中尉马克·利特尔讲了一个有关费根如何勇敢工作的故事。“有一次我们在孟菲斯追踪犯人，在司机位子上的犯人先逃出车，跑进了林子，”利特尔说，“见势不妙，坐在乘客位子上的那个犯人也跑了。帕金斯放开费根后，费根立即追着嫌犯进了林子，先找到司机将他带了出来。仅仅休息了几分钟后，费根便不顾头部刚挨了一击，再次投入到工作中，在大约100码处的一座房子里成功追到了另一个犯人。那次追踪，它虽然挨了一击，但成果卓著——它成功抓住了两个犯人。”

要说费根阻止过多少起人员伤亡事故，利特尔说：“只能用‘无数’来形容，我们总在说，要是教会费根开车，那它的牵犬师就要失业了。它真的是太棒了。”

同时，勇犬也可以是一只好莱坞宠物狗，曾在20世纪30年代做过英雄，为那个年代因经济大萧条而生活在水深火热之中的人提供乐子。

K-9
犬在英文中的书面语叫做canine，尤其是工作犬，canine的发音简写为K-9。K-9是搜索和救援，特别是城市搜救的意思。

不过，更多的勇犬不为人知，除非你是它们的同伴。它们的勇气没那么显眼，但同样重要。

当然了，跟狗狗相处过的人，尤其是生活中被抛弃、被忽略的人都知道，人们觉得自己在拯救一条狗时，其实往往是狗狗救了人类。

比如，伊利诺斯州橡溪镇的大卫·詹姆斯·诺尔斯发现自己很适合养狗，于是他收养了一条名叫露西的狗。露西是拉布拉多犬和惠比特犬的杂交品种，虽然只有六个月大，但它精力非常旺盛。

露西因为好奇心太强又好动而没人愿意收养它，非常需要有人对它进行耐心训练。诺尔斯没想到，和露西的接触会让他和露西开始了长达十八年的友谊，这份友谊也改变了他的人生。

“生活就是简单的细节，”诺尔斯说，“简单的细节狗狗最能明白，这也是它们教给我们的道理——简简单单，品质生活。”诺尔斯也是这么训练露西的，而露西带给他人生的变化也绝对意义深远。诺尔斯当时的体重超过了三百磅，但他不顾自己的健康状况，依旧照顾着露西，对狗狗也很溺爱。

2000 年 7 月，露西经诊断得了癌症，这给了诺尔斯当头一棒。他知道，与露西相伴的时间所剩无几了，不过，他没有像其他人那样，因为要失去最好的朋友就沉溺在悲伤难过的情绪里，诺尔斯有着自己的感触和安排。

为了改善露西岌岌可危的健康状况，诺尔斯带着它开始在附近长跑，后来又大着胆子去了附近的公园和森林，这对他俩来说很新鲜。诺尔斯还开始学习营养学,他和露西吃得也更健康了。

令人欣喜的是，诺尔斯的体重开始下降了，露西过世时，他整整减掉了60磅。露西的死自然让诺尔斯大受打击，不过他把这种改变后的生活方式坚持了下来，到2001年年底，他几乎减掉了一半的体重。他写了一本名叫《露西的启示：寻找幸福人生的十三堂课》的书，书中详细讲述了自己与露西的故事，阐明了多年来露西教给他的人生哲学。

“这说的可不是我减肥的事，”诺尔斯说，“你的宠物想出去享受生活，它们需要运动，或许这才是它们给人的启示。所有启示都是相互缠绕在一起的。我的生活方式改变后，才明白了它教给我的这些道理。”

玛乔丽·加伯在她开创性的著作《狗之爱》中写道：“狗成了一个藏宝库,藏着那些我们人与人之间已很难找到的美好品质。我们可以从威廉·班奈特的《美德书》中读到所有的美德——勇敢、有责任心、忠诚和家庭道德准则。然而，从灵犬莱西、贝多芬、米莉、切克斯和斯伯特身上学到的又何尝不是这些？”

人类尊崇狗狗，这一点都不奇怪。毕竟，狗狗身上有着很多人类渴求但又难以呈现出来的品质。人和狗其实相差无几。对基因图谱进行的研究表明，人类和狗的 DNA 有 75% 是一样的。

“工作犬经常代替人做事，具有很多人的品性，”威廉·S·赫尔顿在《犬工效学》中写道，“狗就像人一样，是自然进化的产物——不为什么目的而生。狗不像机器，它们做事的方式几乎跟人一样，非常灵活，像人，一点都不像机器。现有的机器没有哪一种能够替代狗去完成经过训练后的狗所能完成的各种任务。不过狗和人一样，不能以强迫的方式让它们去工作，必须劝导、鼓励、威胁或诱惑才行，而且反抗的情况时常存在。”

自从人类开始以狗为伴、与狗协作以来，勇犬就一直存在。“从中石器时代开始，狗狗就是人类的一笔财富，”马里兰州洛约拉学院政治科学系主任、教授戴安娜·肖布说，“不管是人类文明繁荣时期还是衰败时期，狗都与人类同呼吸共命运，共同经历各种善与恶。”

狗的勇气并非源于它们与狼的亲属关系，这与大多数人的认识恰恰相反。另一位写狗的知名作家维吉·海恩指出，“狼的勇气不如一条好狗，狗之所以勇敢，是源于它对家庭美德的重视和恪守”。

以下是几个世纪以来的一些勇犬集锦：

· 瑞士阿尔卑斯山的大圣伯纳山口是以英雄狗的名字命名的，它们负责拯救迷路或遭遇雪崩的旅者。

· 早在 18 世纪，警察就知道怎么训练狗与他们一起工作了。

· 20 世纪 20 年代，查尔斯 · 林德伯格设计了一个飞行俯冲动作，当时有只叫布斯特的狗狗坐在副驾驶座上。

· 第二次世界大战期间，狗曾帮助士兵巡逻海滩和美国边界地带，密切留意间谍和入侵者。

狗在近期的灾难中也展现出了它们的勇气，1995 年俄克拉荷马市的艾尔弗雷德 · P · 默拉联邦大楼发生爆炸后，狗狗帮忙挽救生还者；卡特里娜飓风袭击新奥尔良后，它们帮助搜索困在洪水里的人。

卡特里娜飓风

2005 年 8 月中旬在巴哈马群岛附近生成，8 月 24 日增强为飓风后，于佛罗里达州以小型飓风强度登陆。随后数小时，该风暴进入墨西哥湾，在 8 月 28 日横过该区套流时迅速增强为 5 级飓风。8 月 29 日在密西西比河口登陆时，为极大的 3 级飓风。风暴潮为路易斯安那州、密西西比州及阿拉巴马州造成灾难性破坏。用来分隔庞恰特雷恩湖（Lake Pontchartrain）和路易斯安那州新奥尔良市的防洪堤因风暴潮而决堤，该市八成地方遭洪水淹没。估计卡特里娜造成至少 750 亿美元的经济损失，成为美国史上破坏最大的飓风。这也是自 1928 年奥奇丘比（Okeechobee）飓风以来，死亡人数最多的美国飓风，至少有 1836 人丧生。

9 · 11 事件后的几周甚至几个月时间里，狗狗也在纽约担任了重要角色，先是搜救废墟中的生还者，随后又担任治疗犬，给充满绝望的工作人员和志愿者带来光明与欢乐。

有关历史上的勇犬，更多信息可在本书各章节中找到。

敏锐的感觉：狗狗的特长

狗之所以能成为勇犬，其中一个原因就是它们拥有高度敏锐的嗅觉和听觉，再加上独有的忠诚品性，使其具备了理想的工作技能。

说到嗅觉,狗显然是最棒的。人的鼻子有4000万个嗅觉受体,狗狗有20亿个之多，这就意味着它们的嗅觉比人类要好上上百倍，只要是条狗就这么棒。

“它们的嗅觉实在太灵敏了——比如，面对一块干酪汉堡，我们只能闻到干酪味或汉堡味，但它们能闻到干酪、咸菜、西红柿和生菜味,”美国空军中士、军用工作犬训练师，与比利时马林诺斯犬波达合作的帕特里克·D·斯皮维说,“它们就好像有3D嗅觉。”

“狗可以准确辨别出气味是从左边鼻孔还是右边鼻孔进来的,”负责训练炸药和毒品等侦察犬的英国鹡鸰公司的总训练师路易斯·威尔森说,“狗的大脑和鼻子一样令人惊讶——我觉得没有任何机器能够与它们的感觉匹敌。”

“一只K-9犬能够从樟脑球容器的黑胡椒盒中找到自己要找的东西。”《我衣领上的徽章:勇犬录》的作者玛丽琳·杰弗斯·沃特森说。

在不受干扰的情况下，狗狗可以闻到250码以外的气味，如果有风或者干扰气味，它们的嗅觉范围也能高达50码。亚拉巴马州奥本大学（该校有一个专门研究军犬的院系）犬类侦察研究中心的一项调查表明，狗能从奥运会标准大小的泳池中侦察出其中一滴水珠来，也就是说，这个百分比小于万亿分之五百。

“只要发现能识别的气味，就可以让狗去追踪，”国家犬气味工作协会的创始人之一吉尔·玛丽·奥布莱恩说，“狗的鼻子跟机器不一样。大自然创造出了人类无法复制的东西。”

“狗有着不可思议的能力，能确定人的走向，这是因为人前往的那个方向的气味要比路上原有的气味新鲜。”以色列特拉维夫大学安全利用动物中心的艾伦·戈德布拉特说，“出发点和末点踪迹的气味浓度只有两秒的差异时，狗狗甚至能根据浓度梯度来确定行进方向。”

一旦狗开始热切追踪，人最好把路让开。“狗在寻找嗅觉线索时，吸气会加速，任务越艰难，吸气的频率就越高。”戈德布拉特补充说。

有关狗鼻子的高超能力，戈德布拉特讲了一个让人印象深刻的故事：“在一次可控实验中，联邦调查局让一条侦察猎犬嗅了一封信。信是一个女人在六个月前写的，后来她就搬到别的州去了。但根据信上的气味，狗狗能找到她先前住过的房子，虽然她已经六个月没去过那里了。”

“我想说，人们买的是一个鼻子，有四条腿托着，”佛罗里达州高泉市 J&K 犬类协会的训练师约瑟·帕比·帕鲁耶霍开玩笑说，“它们喜欢吃，爱闻气味。这就是它们生存的方式。”

纽约市警察局的陆军中尉约翰·帕帕斯赞同这一观点。“警察工作中一项有用的工具就是狗,主要是它们的鼻子,”他说,“这是我们必不可少的工具。”

超出人类听力范围的声音，狗狗听起来可没什么困难。狗的听力可达到每秒 35000 赫兹，而人的听力仅仅为每秒 20000 赫兹，这就意味着，即便身边有战斗机起飞，狗也能轻而易举地分辨出附近的脚步声。对于尖锐的声音，它们也十分敏感，而且能关闭内耳，阻止背后的声音进入耳朵，以便集中精力聆听正前方的噪音。

正由于与生俱来的完美感知力，勇犬对这个世界非常敏感。有时，它们就像长了千里眼，存在第六感，能出色地完成任务。狗狗的敏感还有一大好处，那就是能帮助周围的人节省大把的时间。“狗帮助侦察员探测和确定是否有纵火情况发生，是否有意外火灾，”南卡罗莱纳州霍里县救火消防队的长官加里·奥德曼说，“它们能对县里的纵火情况进行准确定位，对我们的帮助实在是太大了。它们的鼻子非常敏感，简直不可思议。要是没有狗狗，我们就得带着仪器前去，很可能要多花时间。”

科学界早就开始对狗狗的能力进行探究了。“18 世纪时，我们认为可以制造一种模拟狗狗的机器，”亚拉巴马州奥本大学兽医学院动物健康和行为项目的主管罗伯特·吉列特说，“但狗狗根本没办法被模拟，那是一种高级运作系统。所以，到了 19 世纪，我们开始想，嗯，还是来研究研究动物吧。”

自此，训练方法也发生了很大的变化。“以前你会等狗狗犯错，然后再去纠正，”导盲犬研究和发展主管米歇尔·波略特说，“现在你会在它犯错前，针对你喜欢的行为给予奖励。要是不断凌驾在它头上——惩罚惩罚再惩罚——坏习惯根本没法改过来。你要让狗狗试着明白你到底想要什么。”

事实上，狗狗研究已经遍及文化界。这种研究不仅对狗狗训练师有帮助，就是对那些研究人类以拓展视野的专家也有很大的帮助。“对心理学家来说，狗可能是下一个黑猩猩。”心理学家保罗·布鲁姆说。布鲁姆在哈佛进修学校讲了一堂题为“认知狗：专家还是懒虫”的课，针对这一问题作了讲解。这堂课产生了重大影响，这一话题也引起了人们的极大兴趣，这门课也很快成为该学期的第二大心理学课，虽然他认为狗可能是懒虫，这一观点多少有些苛刻。

“过去两年，就人类涉及的一些特定社会问题，人们作了很多研究，狗狗似乎比黑猩猩更能出色地完成任务，”布鲁姆说，“例如，面对‘伸手指出藏匿的食物’这一手势，狗的反应要比黑猩猩出色。而且，反复一两次，狗就能很快学会单词，所以它们能把新单词和新物体结合起来。这种现象在黑猩猩身上看不到。”

每条狗都需要一份工作

不管全职还是兼职，所有勇犬都是工作犬，很多时候，它们只是在做天生就有能力做的事。

可以说，狗总是在工作。过去几十年，人类觉得对待狗的最佳方式是宠爱它们，就像直升机式父母疼爱孩子那样对待自己的狗狗。

有些品种的狗是人们最好的伴侣，尤其是玩赏类的狗。但是，大部分狗跟人一样，有任务去完成，做有用的事，才能健康成长，要是无事可做，那就得留心了。

“工业时代之前，狗常常陪着主人做一些重要的工作：打猎、捕鱼、牧羊、看守和搬运物品，”戴安娜·肖布说，“现在，想想住在市郊或公寓里的狗，它们完全无事可做，甚至一天中大部分时间都没个伴。孩子被送到了学校，狗狗则留在了家中。所以，它们最后犯了错，乱吼乱咬，这并没有什么好奇怪的。”

每条狗都需要一份工作。艾博尼是一条黑色的大型雪纳瑞犬，它的生活就充分证实了这一点。主人麦克和梅林达·勒留斯在伊利诺斯州的北边做保洁工作，他们还兼职一项叫“霉菌冲击波”的副业。他们让艾博尼到佛罗里达犬类学院学习如何成为一只霉菌检测狗，耗时三个月。这样做有两个原因：一是他们希望在自己的业务中充分利用狗狗的能力，更重要的是，他们相信，给狗狗一个明确的目标，有助于让它冷静下来，因为它很狂躁，容易兴奋。

两个想法都实现了。现在，艾博尼和主人都生活得比以前更快乐了。而且，勒留斯一家还开展了另外一项业务：超级狗检测服务，由艾博尼和另外两条雪纳瑞犬一起工作。“艾博尼去学校前，狂躁又令人讨厌，总朝墙壁上弹跳，”梅林达·勒留斯说，“它现在平静多了。这是因为它有了自己的工作，而且是自己非常喜欢的工作。一说到‘工作’二字，它的耳朵就竖了起来。它真是个工作狂，从来不会到周一就觉得烦躁。”

有些狗找到需要的物件后，会得到食物或表扬，艾博尼就是这类狗的典型代表，而有些训练有素的狗则不需要回报，因为它们工作的动力很足。“有些类型的工作，任务本身就是一种回报，”威廉·S·赫尔顿说，“根本不需要食物或称赞来加强其认识。只需要执行任务，它对正确行为的认识就能加强。不给狗狗工作机会的人应该受惩罚。”

“工作犬在社会中扮演的角色远比很多人想象的重要，而且，将来的重要性只会有增无减。”赫尔顿写道，“工作犬是独一无二的，因为它们能在复杂的人类环境中轻松工作，能融入到人类社会中。”

跟人一样，每条狗对待工作的方式都不尽相同。“每条狗狗

直升机式父母

目前国际上流行的一个新词语。把某些“望子成龙”“望女成凤”心切的父母叫做“直升机父母”——就像直升机一样盘旋在孩子的上空，时时刻刻监控孩子的一举一动。

都有自己独特的识别事物的能力，”罗德岛州警察局的马特·萨瑞拉下士说，“从体能上说，有些狗狗能更好地克服障碍，在炎热、漫长的夏日坚持得更久，比其他狗狗工作的时间更长。我们觉得德国牧羊犬是非常好的狗。即使接受的培训多于两项，它们也能从中转换自如。”

此外，虽然狗狗对手头的任务有极大的热情，但与它们协作的人必须明白，狗就像人一样，也有生理和情感极限。“狗不是机器，不能关掉后放在架子上不管不顾了，而且，它们都有个体差异。”工作犬保护组织的创始人艾梅·赫特说，“它们生来就有独特的优势：非常灵活，解决问题的能力很强，能够学习和适应。”

有必要注意的是，有些人——不管是不是爱狗人士——不相信让狗狗工作是明智的做法。他们坚持认为，狗就该被人宠着，一日三餐地供养着，来点拥抱，再散散步，尽可能多看看动物星球频道，这才是对狗狗最好的照顾。尤其是现在的社会，很多人选宠物时，首先考虑的是做伴，有些爱狗人士觉得让狗去牧羊，帮助警察完成任务或是在战区工作，都太残忍了。

事实上，权威动物专家发表过有关这方面的充满矛盾的观点。善待动物组织的一个会员克里斯汀·米赫斯·罗伊曾经觉得，让狗狗出去放牧牲畜或者进入废弃的建筑中追击嫌犯，这样做实在太狠心了，或者说太危险了，直到收养了德西——一只叫澳大利亚凯尔皮犬的牧牛犬，她才有了新的想法，她认为收养狗狗的唯一目的就是给它一个温暖的家。

曾有个陌生人指责米赫斯·罗伊，说她把德西当宠物来养，这样会“摧毁狗狗的精神”。面对这番训诫，她妥协了。“德西生活得很好，有很多散步和玩耍的时间，还有两个淘气的小‘妹妹’，很多人爱她，”她在《工作犬：牵犬师及狗狗的真实故事》一书中写道，“我本能地忌讳将狗狗当做役畜来用的观点，但这种观点真是错误的吗？看到狗狗想通过工作来养活自己的强烈欲望，我们会感到震惊；一些狗狗对我们给予的生活感到不满时，参加工作能让它们好起来吗？”

之后，她不得不承认一个令人不安的事实：“德西从未觉得特别幸福。我们外出办事时，它只是没有不满意而已，有些狗狗就是为工作而生的。”

只有在工作中，它们才有机会表现自己，证明自己是真正的勇犬。米赫斯·罗伊也指出，生来要做英雄的狗狗，如果没有工作的机会，很可能会酿成悲剧。“每年都有无数的狗狗进了动物收容所，仅仅是因为人们不懂它们的工作需求，”她说，“边境牧羊犬和杰克罗素梗犬会被抛弃或施以安乐死，就是因为它们精力太充沛，如果一整天待在后院里，它们会变得颇具破坏性。狗

工作犬保护组织 位于美国蒙大拿州波兹曼市，是一家致力于利用犬类的灵敏嗅觉在自然条件恶劣的地区探寻濒危动植物的非盈利性机构。目前，该组织已经与世界上5个国家的30多个自然保护组织进行过合作，发现了20多种野生动植物。

狗被抛弃，仅仅是因为它们想做与生俱来就能做的工作，这可真是一种悲剧。”

就连狗语研究者西塞·米兰也相信，最好让每条狗都有个明确的生活目标。“动物需要为食物和水工作，”他写道，“仅因为可爱就得到食物和水的，那是我们的顾客。”

幸运的是，有些狗狗只要做它们自己，就能展现出勇敢的一面，而且常常能给周围带来轻松和快乐，而这正是人们迫切需要的。

例如，华盛顿不允许养博德柯利牧羊犬，只允许饲养毛茸茸的小型犬，让它们在经常存在压力的地方帮助缓解一下紧张的气氛。不管人类搭档的政治背景如何，狗狗的不断出现至少已经让一位立法者摒弃了门户之见。

共和党人埃德·惠特菲尔德（R-KY）会定期带三条狗到国会山的办公室去：拉布拉多杂交犬“朱丽普”、苏格兰梗犬“柏思丽”，还有杰克罗素梗犬“尼格尔”。他相信，在这个人人有自大倾向的地方，狗狗的出现能带来幽默感，让人头脑清醒。“我觉得氛围更好了，因为有狗狗在办公室里跳来跳去，办公室怎么都不会太严肃死板。”他说。

与人的密切联系

总之，虽然世上的每一条狗都是潜在的勇犬——有些只是还没有机会证明自己。不过，狗狗通常还需要有人掌控着它们的绳索，帮助它们把勇气展现出来。

形成稳定的合作关系，会让人和狗的一生都受益匪浅，即便合作关系持续的时间很短。爱狗人士带着狗狗进入房间，看到陌生人的脸上因为狗狗的存在而露出微笑的一瞬间会感到特别的心满意足，而狗狗也显然很受用。

“我们想知道，动物是怎么从互动中受益的。”密苏里州大学兽医学院人与动物互动研究中心的领导人瑞贝卡·A·约翰逊说。她主要研究带狗狗散步是如何增进人类健康，让人的运动量增加的——很多人甚至在无狗陪伴时也习惯了增加运动量。同时，她也集中关注了运动对狗狗的好处。

例如，很多动物收容所和慈善组织鼓励志愿者来陪希望被收养的狗狗散步。“我们发现,参加散步组的狗狗更容易被收养。”约翰逊说。她总结出，友善人士定期来访能让狗狗更合群，甚至有助于犬类荷尔蒙的均衡，因为收容所环境不好、运动量不足而导致的荷尔蒙失衡会让它们变得很紧张。

这一点是有科学依据的。南非比勒陀利亚茨瓦尼科技大学2004 年的一项研究发现，聚集在一起 20 分钟后，能带来好心情的荷尔蒙催产素、泌乳刺激素和内啡肽会在人和狗身上活跃起来。更有趣的是，实验过程中，皮质醇明显降低了，这种荷尔蒙是在压力状态下产生的。

约翰逊博士对这一研究结果表示赞同，她尤其注意到了催产素的增加情况。“催产素能让我们感到幸福和信任，”她说，“对我们的身体有很大的影响，十分有助于康复，也有利于新细胞的生长，让我们能置身于一个更加健康的环境中。”

总之，很简单，狗狗能让我们感觉越来越好，不光是对自身的感觉，对外部世界的感觉也一样。

“只要它们待在我们的身边，”戴安娜·肖布写道，“我们就有可能透过狗狗反射出人们值得称赞或应受指责的品性，再生英雄感。”

比利时

有时，勇犬与人联系在一起，是因为一种共性，比利时就是一个例子。这是一条四岁大的澳洲牧羊犬，在工作中碰到与自己一样的残障人士时，它就会产生共鸣。

比利时眼盲且有点耳聋，它的情况在致命白澳洲牧羊犬中很常见，这大多是由于饲养不当造成的。作为一条治疗犬，它主要在亚利桑那州梅萨附近做临终关怀癌症病人的工作。

不过，这件事差点就没发生。比利时原来的主人抛弃了它，因为它不能跟家里另一条狗狗友好相处。本来主人就要对其实施安乐死了，所幸碰到了亚利桑那州致命白澳洲牧羊犬拯救组织的一个志愿者，这个人把它带到了一个能永久收养它的家中。

它的新主人劳伦和杰伊·毕比作了很多努力，因为比利时在以前的家里很少运动。不过，大约六周后，比利时的运动量逐渐达到了每天可以走一英里。现在，它很享受每天的步行时光，而且与别家的狗狗也玩得很好。

讲到这里，已经算是一个成功故事了。不过，看到比利时的真面孔时，毕比夫妇觉得它的性格很适合做治疗犬的工作。完成初始评估和训练项目后，2009 年 1 月，它开始拜访本地的医院、长期护理机构和福利机构，每周一两次。

因为身有残疾，它完全是凭直觉来安抚病人及其家属的。他们通常都很情绪化，而且疲惫不堪。比利时经常要拜访一个下身麻痹的患者，那个女人完全不能走路，而且全身只有左手能动。比利时去拜访她时，就坐在她的床上。抚摸着狗狗的毛，她的情绪明显地放松了下来。值班的护士说比利时超级柔滑的皮毛就是一件“治愈外套”。病人接受化疗时，比利时也常常陪他们坐在输液室里。

人们能跟比利时相处，是因为它身有残疾。它访问的很多病人都因为外伤或衰老而失明或失聪，他们很容易就能感觉到比利时的亲密，因为它也面临自己的挑战。比利时会优雅地避开病房里的床、椅子和其他障碍物，但偶尔也会不小心碰到头。

“比利时对老人和病人非常能感同身受，它的工作真的很出色，”劳伦·毕比说，“它的这份工作真是上天的恩赐，让很多人的生活都发生了改变。只要体力还行，比利时就会一直做个志愿者，付出自己的时间和真爱。它的生活充分证明了，可不能随意抛弃伤残者。”

第二章 警犬

所有经过专业训练的勇犬中，警犬比其他犬更加万能，可谓“文艺复兴犬”。尤其是在只有一两个 K-9 小组，规模较小的警察局中，警犬可能会被安排在正常的工作日来执行搜救任务，进入建筑物查看，嗅出毒品或可能存在的炸弹，追踪嫌疑犯或失踪人员，抑或是帮忙安抚迷路的孩子。要么，就温顺地陪着自己的搭档——人类巡逻，顺便在路上交些新朋友。

不过，在大城市的警察局里，警犬往往专攻一个主业，要么侦察要么巡逻，不会二者兼顾。而且，如人所料，它们的压力会不断增加，因为随着案情的进展，需要警犬组的频率会越来越高，它们还会与坏人直接面对面接触。

不管是在小城市还是有百万居民的大城市，警犬的人类搭档都非常重视自己的狗狗。诚如一位警察所说：“阻截犯人时，知道狗狗在你身后，你会感觉很好。狗会在预想不到的情况下救你的命，并且往往比一个警察还管用。”

“你可以用直升机来监控，还有无线电台、巡逻车和侦察员，”负责加利福尼亚州奥兰治县地区缉毒任务的提姆·西蒙上尉说，“但是，什么都没有精心训练过的狗狗和牵犬师可靠。”

目前，市公安部门、县治安官和州警，还有其他很多市、县、州和联邦政府部门都有警犬小组。虽然具体工作不尽相同，但警犬都有一些共同点：

· 大部分警犬都与它们的牵犬师生活在一起。

· 训练一直在进行，很多牵犬师一天至少要花一个小时时间来与狗狗做特定的警犬运动。

· 警犬看似随和，但普通人如果想抚摸它们的头，最好先询问一下牵犬师的意见。

最后这点尤其重要。“这些警犬通常是部门的脸面，”图森市警察局的长官加里 · 夏德说。夏德曾经是米可的搭档，那条四岁的德国牧羊犬于2006年在执行任务时阵亡。

警犬不光跟它们的人类搭档一样训练有素，而且配得上公关经理的称号。所有的警员都承认，他们的警犬有助于建立友好的团体关系，而且非常有利于防止迷路的孩子越走越远。总之，警犬和牵犬师经常在当地的学校和课外活动中出现，谈论他们的警察生活。

在明尼苏达州的卡蒂奇格罗夫市，第一警犬布里兹非常受欢迎，常常在各种公共场所出现。“这就像警察的活招牌，看似空洞，但在某些方面很有价值。”市政官员瑞恩 · 施罗德说，“孩子们在成长的过程中，会发现警察会帮助他们，不是什么坏蛋，这让他们觉得很舒服。”“这真是公共关系中的一件大事，”明尼苏达州伍德伯里的一位警官和牵犬师杰夫 · 戈特斯坦说，“让人感觉良好的事。”另一方面，戈特斯坦说，警犬会对敌方产生极大的“心理威慑”。也就是说，与罪犯对抗时，如果训练有素的警犬在场，能避免很多潜在的问题。“我与一条警犬合作了七年，这期间从来没有与罪犯出现过身体对抗，”戈特斯坦说，“有人可能曾想攻击我，但他们可不敢跟警犬闹着玩。”

毫无疑问，罪犯很清楚警犬的工作能力有多出色。曾有毒贩贴出悬赏告示，任何人只要能杀死一条毒品侦察犬，就能获得3万美元的奖赏。20世纪90年代，一条名叫“洛基”的比利时马林诺斯犬在墨西哥找到了一堆市值高达1.28亿美元的可卡因，所以，纳税人为警犬交的每一分钱都是值得的。

“它们真是非常有效的工具，”犹他州佩森警察局的警官罗德·马默若说，“没有警犬，我们就只能依赖体力，这可真要命。”

宾夕法尼亚州兰卡斯特县监狱的长官肯尼·盖博同意这种观点。“警察一旦拔出枪，射出子弹，就收不回来了，”他说，“我们得证实自己能够控制狗，把狗叫回来，狗才是我们的致命武器。”

此外，要训练狗狗为它们的牵犬师舍生忘死。“警犬要勇猛、忠诚，攻击时要做到收放自如，才是完美的搭档。”《我衣领上的徽章：勇犬录》的作者玛丽琳·杰弗斯·沃特森说，“它对罪犯能产生威慑，它的出现往往意味着可以不开枪。”

除了警察局的K-9小组，很多州部门和联邦部门也使用警犬：

· 联邦调查局（FBI）训练狗狗去侦察炸药。跟其他警犬一样，FBI 犬也跟它们的牵犬师一起生活，但不同的是，FBI 执行任务时只使用拉布拉多猎犬，因为他们相信这种犬比别的品种更加温和，与人为善。经过训练的 FBI 犬能找出多达一万九千种不同的爆炸混合物。

· 1974 年以后，警犬就一直是美国海关与边境保护局安全部队的重要成员。警犬在边境、机场和仓库中工作，探察各种物品，从毒品到人，从货币到炸弹。保护局有各个品种的警犬，从牧羊犬和拉布拉多犬到收容所的混血犬，什么都有。

· 美国农业部门主要使用猎兔犬。猎兔犬的任务是嗅出违禁品、肉制品和其他食物，以防止它们流入美国国内。之所以使用猎兔犬，是因为它们对食物有极高的热情和敏感度。

18 世纪以来，狗狗就一直在协助警察工作，多数时候它们被用来追踪逃跑的囚犯和罪犯。两次世界大战期间，狗狗训练项目就已经被引入部队，并成了主流。“一战”期间，德国拥有 30000 只用来执行各种军事任务的军犬。战争刚爆发时，德国人就拥有 6000 条训练有素，随时可以上战场的军犬，因此，他们在战争伊始时打得那么顺利也就不足为奇了。1884 年，德军设立第一个军犬训练项目，地点就在柏林附近。这些项目为现在的警犬训练奠定了基础。美国直到 20 世纪 70 年代才开始有正规的警犬项目，此后又过了 20 年才开始普及。它们的训练目的、训练方式都非常不同。“截至 20 世纪 70 年代，警察需要的只是能咬人的狗，”美国警犬协会前任会长吉姆 · 马塔拉斯说，“他们会去收容所，找那种咬人咬得很凶，把人吓得要死的狗。”

到了 20 世纪 80 年代，因为可卡因在全球范围内盛行，人们对毒品侦察犬的需求量越来越大。现在，全国各部门已经意识到训练有素的狗狗是多么有价值，都争抢着要。从 2001 年至今，纽约的警员减少了 17%，但警犬小组的数量增加了一倍。

“一个警犬小组做的工作抵得上 10 至 15 个男人组成的团队，”纽约市警察局的陆军中尉约翰 · 帕帕斯说，“你落入血盆大口和巨爪时，狗狗能改变形势，这就像是终止了一场 M1 坦克大战。”

根据密歇根州兰辛市警察局 K-9 小组的职员玛丽 · 沃尔夫在 2000 年作的调查，警犬小组定位嫌疑犯的成功率高达 93%，而人工小组的成功率仅有 59%。而且，跟没有警犬的团队相比，狗狗总能提前 5-10 分钟找到嫌疑人。一位牵犬师说，情绪能顺着狗绳传达，也就是说，狗狗很容易就能了解到牵犬师的情绪，而且，因为警察随时面临未知的情况，下一个角落就可能有致命威胁，所以，警犬巡逻组的成员都会紧张不安，对可能造成伤害的人或物非常警觉，这一点都不奇怪。

“它们是训练来保护牵犬师的，不知道危险会何时出现。”纽约警察局的警官兰迪·布伦纳说。

狗狗和牵犬师之间要不断协调。狗放出去了，用鼻子嗅着各种威胁，牵犬师的责任就是让狗狗做工作的同时要掌握好“刹车”。

“如果不是凶暴的罪犯，一般不会放狗过去，”一位退休的K-9警员，目前在纽约市北部经营驯犬业务的加里·皮丘帕罗说，“就使用武力来说，放狗相当于用了警棍。”

有警犬做搭档可避免附带损害，有些地方的人讨厌警察出现，这时候狗狗往往能让人产生好感。不管狗狗是在巡逻附近地区还是在搜寻炸药，都能让两条腿的警员免去很多其他工作。此外，如果让狗狗执行那些通常留给人来做的任务，损害程度就比较有限。例如，强行打开汽车行李箱或破门而入查找毒品或炸弹时，依赖狗超强的嗅觉就可以减少很多误判。

不管是找毒品还是找炸弹，侦察犬都有些共同特点：定位到相关物件时，它们都会按训练指示安静地坐下来。随后，人类搭档进来，对找到的东西进行确认。这种反应跟以前的训练方式恰恰相反，那时候要么让狗狗吠叫，要么鼓励去攻击或弄开密封的东西。现在的方法有利于保存证据和阻止爆炸发生。

“消极反应是指，狗狗找到东西时，会尽可能安静地坐下来，”一位与美国K-9侦测服务部（该公司为军队和执法部门训练军犬）

合作的聘用牵犬师克里斯托尔·格里尔说，“它们会尽量靠近自认为对的来源处，然后作出‘反应’，向牵犬师发出信号。”

理想的警犬

什么样的狗狗最适合做警犬呢？在世界各地警察部门服务的狗狗，各个品种、尺寸和外形的都有，它们从事标准的巡逻和侦察工作。大部分 K-9 小组都喜欢一至两岁的雄性犬。因为公狗比母狗体型大，关键时候更有威慑力；而且，公狗的好奇心也更强；此外，公狗很多时候不用绝育，攻击性又比较持久，当然了，经过训练后这种攻击能很好地得到控制。

人们通常都选择牧羊犬，尤其是比利时马林诺斯犬和德国牧羊犬来做警犬。警察工作有时单调乏味又冗长，要求狗狗和人都要有很大的耐心。小型的狗狗往往不称职，小狗比较喜怒无常，不利于与公众交往。大型犬，如大丹犬和杜宾犬也不太适合，这是因为大型犬体型太大，无法挤进狭窄的地方；而且它们的寿命往往比中型犬要短；另外，训练大型犬需要投入大量的时间和金钱，这也是必须要考虑的因素。

对很多部门来说，理想的警犬来自欧洲，德国和斯洛伐克的品种尤其受欢迎。它们可能比较贵，但益处非常多。欧洲品种的警犬更能遵循较严厉的标准。不过更重要的是，从事警察工作的这些狗狗在漂洋过海前，就已经进过警犬学校了，所以，抛开一些文化差异不谈，欧洲训练的警犬一进入美国警察局就可以进入地面工作状态。唯一的问题是，警犬的人类搭档还需要学习一点德语或斯洛伐克语，便于给狗狗发号指令。不过，很多警员认为这很值得，因为这样发命令，大部分嫌疑犯不知道狗狗要开始攻击。联邦政府对美国国土安全部、美国海关及边境保护局使用的警犬有特殊要求，这两个部门的警犬去的是不同的训练学校：弗吉尼亚州弗兰特罗亚尔的犬科动物强化训练中心和德克萨斯州艾尔帕索的国家犬类学校。以下是相关规定：

- 品种：认可的工作犬或运动犬品种，如拉布拉多寻回犬、金毛寻回犬、德国牧羊犬、荷兰牧羊犬或比利时马林诺斯犬。
- 血统：欧洲出生或欧洲血统，能追溯到两代以上。美国品种的狗狗也可以接受，但要由政府决定。
- 年龄：在 12 至 38 个月之间。
- 体重：介于 45 磅和 90 磅之间。
- 尺寸：肩膀的宽度在 22 英寸和 30 英寸之间。

当然，这仅仅是个开始。一条具备规定血统和骨骼的狗狗，还需要通过行动来证明自己是潜在的警犬。总之，它的反应必须不同于其他勇犬。例如，治疗犬需能容忍小孩子拽它们的耳朵，拉它们的尾巴，不得咆哮或乱叫一声；警犬则必须能作出怒吼或狂吠的反应，或者面对罪犯时能露出讨厌的表情。

同时，好的警犬必须具备一些导盲犬或服务犬的特点。容易分心的不行，因为它们必须忽视其他狗狗和那些想抚摸狗狗的陌生人，这一点至关重要。训练有素的警犬应该只对牵犬师作出反应，面对很大很突然的噪声，如枪声和叫喊声时不会退缩。

训练——狗和人

警犬小组的人并非跳进狗狗坐在后座的警车，就能开着警车四处跑了。两个搭档要先证明自身的价值。

首先是人：考虑加入警犬小组后，就必须付出努力。很多警局要求警员在调入警犬部门前到正规部队中至少待上三四年。他们的表现记录必须优秀，多次逮捕过罪犯，且期间不得有任何的过失和不良记录。另外，因为警犬小组也要协调公共关系，所以内向的人并不适合。

不过，最重要的是，未来的警犬小组的警员必须身体良好。因为与警犬并肩工作需要有很好的耐力，而且要接受日常的训练。此外，这一切持续的时间很长，有了现役岗位和文书记录，完成培训课程后，警犬小组一周的工作时间需要达到60个小时。“他们必须有稳定的家庭环境，必须成熟，身体能适应工作才行，还要能执行多种任务。”北加利福尼亚阿拉梅达县警长办公室的德里克·赫斯林警官说。

预先的筛选工作非常有必要。警察局需确定警员能坚持下去，与狗狗相伴一生。一旦人和犬组合到一起，通常就没有退出的情况：警犬和警员一辈子就联系在了一起。

人需要通过一关又一关，狗也必须符合要求。有些警察局更喜欢买训练好的狗狗，然后根据特殊要求对狗狗稍作调整，有些则喜欢买没接受过大量训练的狗，那样就能按自己的标准和需求来进行培训了。“我们想要能送到学校去训练的狗。”德克萨斯州麦卡伦任务警察局 K-9 支部的陆军中尉迈克尔·费尔普斯说。

最后，就到狗和人搭档的时候了。“牵犬师很虚弱时，我们希望狗狗能来弥补一下，反之亦然。”兰迪·布伦纳警官说，“不过，我跟你说，一段时间后，人的性格就会变得跟狗很像。”有时，警察局会对狗进行筛选，确保它们能很好地适应当前在职的警员。

“我们对 20 条狗进行测试，然后选出最好的 5 条来，”赫斯林警官说，“希望狗和人能很好地配对。我们会努力在牵犬师和狗狗之间找到平衡，便于他们的良好发展。”

说到训练，不管是在斯洛伐克还是纽约，有些事情是相同的。一开始是基础训练，然后是敏捷度训练，紧接着还有更多专业的训练，如炸弹或毒品侦察技能。基础训练主要是驯服课程，教会狗狗坐下、站立和躺下。除了语言命令，训练后的警犬还要对手势作出反应，这是因为牵犬师可能离得远或正在监视，不能出声。

敏捷度训练也很重要，警犬可能需要爬上楼梯或跳过开着的窗子，还要爬过黑暗狭窄的通道。跟人类搭档一样，警犬必须体能好才行。“一条警犬必须能连续跑几段楼梯，越过混凝土护栏和进出的车辆。”国际犬类协会的签约牵犬师杰森·伯杰龙说。

搜索和追踪技能也很重要。大部分警犬经过训练后都要有基本的寻找人和非法物品，如毒品、炸药甚至枪支的技能，即便它们不是专门训练过的侦测犬。

几年前，警犬可以在没有搭档命令的情况下发动攻击，但那样的日子已经一去不复返了。现在，控制住一个嫌疑犯时，只有听到牵犬师的命令后警犬才能吠叫和撕咬。

接受专业训练前进行的警犬基础培训是为了减少狗狗对大分贝噪音和爆炸的刺激反应。从爆竹到枪声，这些刺耳且突然的噪音是警员和警犬日常生活的一部分。

狗狗成为警察机关真正的一员后，训练尚未结束。“我的狗发现了大麻，当天就可以收工了，训练可不是这样，”与德国牧羊犬瑞基搭档的空军中士格伦·戈登说，“狗狗的训练要一直持续下去。狗狗就像个小孩，如果不坚持让它系鞋带，它就会忘了。”

此外，警犬小组有很多证明自己斗志的机会，全国都会有很多野外现场试验。

“任何人都可以牵着一条狗说，‘这是一条警犬，’但是，这是按谁的标准判断呢？”格伦·戈登说。他偶尔会在美国警察和改造K-9协会举办的比赛中担任裁判。“我们想看看狗和人作为一个团队执行任务的能力。他们是一个团队，狗狗为牵犬师工作，牵犬师为狗狗工作。”

警犬小组的警员还有一件事要做：文字记录工作简直能让人累死。“很多人不知道狗狗会涉及多少文字记录工作，”格伦·戈登说，“我的狗成为警犬已经5年了。每天我都要对它的记录进行更新。”总之，只要狗狗做了工作，所有的一切都要载入永久记录中，从体重到训练，再到情绪和性格，狗狗外出的一切都要做记录。狗狗所做的一切，如攻击、寻物、缉毒等都要记录在案，否则，它的搭档是可能会被诉诸法庭的。

配合狗狗天赋的技术也开始有了。有些警察局会购买专门的红外线摄像机，把它装到狗狗的背上。摄像机上有小型的无线扩音器和狗耳机，牵犬师听到狗狗所在点的声音时，可以发出命令。“我们可以看见狗狗在盯着什么看，”陆军中尉约翰·帕帕斯说，“这设备可以用在建筑物内的搜索工作中。要是里面有可疑的盒子，我会让狗代替人进去，如果事情可疑，就把它叫回来。”

退伍

一般情况下，警犬生涯只能持续六七年。狗狗到了十岁左右，感官就开始退化，没以前那么灵敏了。警犬并不像军犬，军犬一般只跟牵犬师待两年，然后就轮换到另一个人手里。警犬一生只与一位牵犬师合作，会跟牵犬师及其家人住在一起，就像常见的家庭宠物一样，与朋友和家人友好相处。警犬退休时，它与牵犬师在一起的黄金岁月就结束了。经验丰富的警犬退伍时，对人和狗来说都很难适应。杰夫·戈特斯坦讲过那一天的事，他把刚退休的狗狗安迪留在家里，让新的狗搭档进了车。“我离开屋子时，看见安迪坐在窗子边，它在哭。”戈特斯坦说。

有时候，狗狗还没机会证明自己的实力就不得不面临退休的命运，因为，就算经过很多筛选和训练，有些狗狗也并不适合这份工作。英国诺森伯兰郡警察局的约翰·西姆警官曾与一条名叫威格斯的牧羊犬合作，那家伙一开始看起来很有前途，但最后发现并不适合执行各种工作任务。“它有点犹豫，爱试探，尤其是不会咬人，”他说，“虽然这不是警犬的全部工作，但也属于它们要做的事情。我觉得这可能是因为它天生比较胆小。而且，它非常不喜欢孩子多、吵闹的环境，它还会受其他狗狗影响。”

唯一的选择是给威格斯找个新家。“它真是一条可爱又放松的狗狗，有好的主人和环境，它是一条非常好的宠物狗。”他说。

蜜 琪

《吉尼斯世界纪录大全》中很早就载入了一些破纪录的狗狗，例如舌头最长的狗狗是一条名叫普吉的哈巴狗，其舌头长达 4.5 英寸。还有赫拉克勒斯，一条英国獒，2012 年获得最大活犬的称号，重达 282 磅。

不过，获得世界最小警犬称号的是一条 8 磅重的小型犬，这是一条吉娃娃和捕鼠梗犬的混血犬，名叫蜜琪，家在俄亥俄州的吉奥格县，它的搭档是丹・麦克里兰警长。蜜琪只有 10 周大时就加入了吉奥格县治安办公室的警犬小组，当时它才只有 2 磅多一点。

丹・麦克里兰警长一直在找一条警犬，希望能帮助他巡逻克利夫兰东部的这座大约有 9 万人的县城。狗狗的任务是帮助寻找毒品，因为贩毒问题在该区域越来越严重。

警察局 K-9 小组的狗一般都比较大，但麦克里兰警长发现，有很多人都因为警犬在追踪毒品时损坏了他们的个人财产而投诉狗狗。后来，他被一个点子迷住了，找体型较小的狗狗来工作。“此外，重达 100 磅的德国牧羊犬放到轿车或行李箱内会很挤，”麦克里兰说，“这么大的狗，要挪动一下都很难。”

似乎是命运的安排，一位同事的吉娃娃生了一窝狗仔，小狗的父亲是一条捕鼠梗犬，这种狗热衷于寻找猎物。同事告诉麦克里兰还剩下一条小狗，是一窝里最小的那只时，麦克里兰很想去看看。

看到那条小狗后，他就知道，那家伙可以做一条很好的缉毒犬。“它在人群里非常平静，”他说，“警长办公室总有陌生人经过，它一直都是一副舒坦而自信的表情。此外，我注意到，不管什么，它都要去嗅一嗅。”虽然那只是一条小狗崽，但麦克里兰觉得它有潜质。“它已经知道鼻子是用来干什么的了。”

他把它带回家，取名叫蜜琪——芭比一个好伙伴的名字，且很快开始了对它的训练。它满分通过了国家认证测试，开始因缉毒能力而受到赞扬。这条小型缉毒犬的名声传开后，人人都想来看看它。蜜琪和其他一些狗狗参加了《瑞秋美食秀》、《福克斯和朋友们》等美国有线新闻网和微软全国广播公司的节目。除了缉毒，搞好社区关系也是蜜琪工作的一个重点。

麦克里兰经常把蜜琪带到学校里，跟孩子们讲缉毒故事，也会带它到县监狱去。不管去哪儿，它都能让周围的人笑起来，尤其是它戴上特制的骑行护目镜，跟着麦克里兰骑着局里的摩托车出去巡逻时，人人见了都会笑。

“我跟孩子们说，‘即便你很渺小，但只要有自己的立场，就能与众不同。’”警长说。

宙斯

世界上有成千上万条警犬在做自己的工作，而且做得很好。

也有一些经过高度训练的精英狗，能做职责范围外的事情，让人不由得对其刮目相看。

宙斯是纽约市警察局的一条德国牧羊犬，它是得到该警察局历史最高褒奖的一条明星狗。跟《阿甘正传》里的阿甘一样，它也是众多重大历史事件的见证者和参与者。

宙斯才8周大时，就开始和警员罗伯特·史奈尔搭档，成为该警察局第一条认证搜救犬。它积极工作，参与了好几个重点案件，包括1993年的世贸中心爆炸案。

自然和城市灾难过后，联邦应急管理局如果需要支援，宙斯和史奈尔也会提供帮助。1995年的默拉联邦大楼爆炸案发生后，他们到俄克拉荷马城去救援，宙斯发现了24个受害者，因为这次工作，它登上了俄克拉荷马州的宠物名人榜。从俄克拉荷马州回来几个月后，它又帮助警察侦破了一起八年前的公开谋杀案，找到了埋在混凝土下方四英尺深，身上裹着塑料布的男尸。

“宙斯在挖掘时，一定是在执行任务。它是一条伟大的狗狗，一条快乐友好的狗，”史奈尔说，“万里挑一都难挑出来的狗狗。”

第二年，它去亚特兰大帮忙寻找1996年奥林匹克爆炸案的线索，还去了加勒比海的几个岛屿，执行台风过后的搜救任务。就算是回家后它也不会闲着：它还跟着搭档一起巡逻街道。

2000年，宙斯退伍后回到史奈尔的家中，一个非常好的休息处——长岛北贝尔莫尔静养。史奈尔继续在K-9小队中工作，他的新搭档是奥特拉斯。

宙斯于2002年7月23日去世，享年十岁，史奈尔家的成员都大受打击，包括新来的狗狗奥特拉斯。“它们就像父子一样。”史奈尔说。

“这真是莫大的损失，它是一个好搭档，”他说，“家里所有人都很难过，它是我们家的一员。”

第三章 消防犬

提到消防勇犬，你的脑海中很可能就会出现黑斑短毛的大麦町犬的形象，它们主要在全国各地的消防站里工作。

以前消防技术落后时，的确就是这样。不过，现在的消防犬多用于侦察工作，嗅出线索，为纵火调查员带路，找到可疑火情或光焰的诱发原因。

当然了，消防部门养了好多本不属于他们管的狗——从大麦町犬到其他各种纯种狗和杂种狗，他们更倾向于以狗为伴，而不是专业驯养。

历史

在 18 世纪的大不列颠，拥有一条大麦町犬就意味着主人高贵的地位，它们非常受欢迎，常与上流社会的马车相伴出现，因为它们天生就跟马亲近。

大麦町犬因为常与消防员一起工作，帮助安抚马匹（起火时，马儿在嘈杂声和火光中会受惊），树立起了消防英雄的威名。消防员忙着灭火时，大麦町犬不光会保护马，还能保护马车和设备，防止被贼偷走。

如果燃烧的建筑内可能有人，在队长的命令下，狗狗会进入建筑内，贴着地面小心前行，找到被困者。必要的时候，狗狗也会攀上梯子，在人进入前爬进窗子，保证被困人员的安全。

如果过了预期时间，仍有消防队员未走出燃烧的房子，大麦町犬也会整装后进入房屋，找到迷失方向的同事，引着他回到氧气充足的地方，挽救他的生命。

目前，在消防站安家的狗狗来源不一。这其中会有某位消防员带着自己的狗狗去工作，狗狗受到了其他轮班同事的喜爱，最终就会住在那里开始全职工作。

还有些狗是以前走失的，有些是邻居送来的，有些则是火灾或事故发生时，被消防人员从现场救了回来，然后就与救助它们的人待在一起的。

虽然大部分狗狗都没有经过爬梯子训练，也不会一听到警报声就跳进消防车里，但它们仍非常有价值。在一些设施不够完备的消防站，那里的消防犬，不管是大麦町犬还是其他狗狗，当它们的人类搭档外出灭火不能第一时间找到现场时，它们总能发挥自己的特长，把人带到现场。

纵火调查犬

目前，大部分消防犬都会帮忙调查纵火案，成为纵火调查犬或助燃剂调查犬。这些勇犬不仅能帮助确定火源的位置，还能确定应该使用的助燃剂类型，是煤油、汽油还是火机油。

跟其他调查犬一样，它们的嗅觉非常灵敏，即便用了几万加仑的水来灭火,温度高达1000多度,火焰碰到什么就焚毁什么,经过专业训练的纵火调查犬也能闻出气味来。闻到比较陈旧的气味时，它们还能发出警报。狗狗能嗅出两个月前的纵火位置和助燃剂，这对它们来说简直易如反掌，不足为奇。

根据保险业的调查，美国每年有25%的火情都是由纵火引起的，这是引起致命性火灾的第二大原因，仅在纸烟和其他烟草产品之后。

纵火调查犬在上世纪80年代中期开始引起人们的注意。玛蒂是一条黑色的拉布拉多犬,上过导盲犬基金会的学校。1986年,训练进行到一半时，培训员们认为它更适合做一条调查犬。恰好康涅狄格州警察局需要一条能帮忙侦察助燃剂的训练有素的狗狗，因为纵火案成了当地面临的越来越严重的问题。就这样，玛蒂成了美国第一条助燃剂调查犬。从那以后，全国各地的消防站和警察局才开始有自己的纵火调查犬。

在此之前，人们用来探察起火原因的方法都很原始，而且很耗时。调查员使用专门的化学检测工具到火灾现场进行调查，采取样品，标出各个位置，然后坐等实验室的化验结果。这通常要花上几个星期甚至几个月的时间；而且，因为技术不成熟，关键证据还往往会被忽略掉。

调查组使用训练有素的狗狗不仅能节省大量时间，狗狗的鼻子还能精确定位出助燃剂所处的位置，并把助燃剂的类型告知调查员。

“之所以使用纵火调查犬，是因为它们能在一个小时甚至更短的时间内进入潜在的助燃剂范围，并确定所在位置，这项工作如果由人来做，可能要花上几天、几星期甚至更长的时间。”积极为纵火调查犬训练项目筹资的美国州立农业保险公司（State Farm Insurance）的一位女代言人希瑟·保尔说，“我们经常看到的另一种情况就是，某个区域或团队如果有纵火调查犬，那么，狗狗进进出出，本身就是对纵火犯的一种威慑。”

俄亥俄州奇利科西的消防队长助理史蒂夫·加拉格尔可以告诉你他那条训练有素、拥有巧克力肤色的拉布拉多犬温御斯特能帮助人们节省多少时间。“我就算是花上 8 到 10 个小时来挖掘现场，结果仍是一无所获，”他说，“但如果把狗狗带过去，只要 15 分钟就够了，并且还会大有所获。它能节省的时间实在是太多了。”

“狗狗提升了调查员的能力，”密苏里州春田市的消防队长助理兰迪·威林思说，“有可疑纵火案时，狗狗识别气味的能力比任何能带到现场的设备都强。狗狗会把调查员带到助燃剂所在地，便于调查员搜集证据样品，提交给州内犯罪实验室，证实这是一起纵火案。”

美国州立农业保险公司

创建于 1922 年，是美国最大的经营个人财产和意外伤害保险的公司，也是美国排名第二的保险公司。

杰夫·D·汉米尔顿警官非常满意自己侦察犬出色的工作能力。那是一条名叫碧琦的德国牧羊犬，属于南卡罗莱纳州霍里县警察局。“它做的工作实在是太多了，我简直都不能完全囊括，它真的帮助提升了警察局的工作效率。”他说。而且，他还从它那里学到了不少东西。“它总是很放松的样子，我发现，你越放松，你的狗狗就越放松，你的工作也就越出色。”

很多纵火调查员和保险公司都相信，拉布拉多寻回犬是最好最适合的纵火案工作犬。美国州立农业保险公司只使用拉布拉多犬，这样做出于如下考虑：拉布拉多犬比其他品种的狗狗更擅长辨别特殊气味，也能更好地与牵犬师交流。而且，它们脾气温和，又喜欢工作，公众也大多觉得这个品种的狗不会像德国牧羊犬那样有威胁性。此外，它们喜欢人，这一点对犯罪现场的工作非常有利，那里总是有很多人来来往往。它们还是非常棒的宠物狗，这对牵犬师及其家人来说非常重要，因为他们是要生活在一起的。

道尔夫是一条黑色拉布拉多犬，20 世纪 90 年代的大部分年头，它都跟加利福尼亚州洛思加图斯的火灾调查队队长伯纳德·W·比尔·哈德威克在一起工作。道尔夫是一条非常优秀的纵火调查犬。它能从万亿水珠中识别出一滴可燃液体，还能从闷燃的火灰中找到微不足道的助燃剂。最重要的是，纵火调查组经常要在夜晚出行，有时凌晨两点接到报警电话，15 分钟后就要立即出门，这对道尔夫和哈德威克来说早已如同家常便饭。有些品种的狗狗可能到了晚上就会性情大变，对陌生人比较戒备，有敌意，但拉布拉多犬往往能无视这种干扰，把精力集中在手头的任务上。

此外，美国仅有 42 条助燃剂调查犬，道尔夫就是其中一条，又因为它和哈德威克都通过了国家及当地认证，美国烟酒、火器与爆炸物管理局（Bureau of Alcohol,Tobacco,Firearms and Explosives,简称 ATF）经常让他们到全国各地参加调查,所以，道尔夫是美国最忙碌的一条纵火调查犬。2000 年，他们一起退休了，道尔夫在工作岗位上忙碌了 6 年，哈德威克工作了 46 年，他们调查过的纵火案高达 1300 多起。

训练

因为美国每年都有数百人和数十亿财产因不断增加的起因可疑的火灾而消失，美国州立农业保险公司于 1993 年启动了纵火调查犬计划。该保险业巨头招募了全国各地，主要是当地和国家警察部门及消防部门的牵犬师，以为他们支付驯犬费作为交换条件，要牵犬师为他们这一项目服务五年。如果地区内有需要调查的案件时，牵犬师要随叫随到，还要花时间参加后续训练，通

美国烟酒、火器与爆炸物管理局
一个隶属于美国司法部、负责对烟酒枪炮征税、执法和释法的机构，其使命是保护公众免受暴力犯罪分子和犯罪组织的侵犯，打击非法使用和交易火器、非法使用和储存爆炸物品，打击纵火、爆炸行为和恐怖主义活动，打击非法转移烟酒产品。

过每年的重新认证。

自项目开展以来，全美国有250多对搭档成功完成训练，获得了认证，这其中还有来自加拿大的人犬组合。

不过，这可不是件容易的事。未来的牵犬师通过筛选后，还必须做到每天能轻松走上三四英里，还要能“弯着腰，一边后退一边抛靶”，另外还要去缅因州格雷地区的缅因专业犬培训基地参加培训，那是一家负责把狗狗和牵犬师训练成纵火调查专员的机构。高强度训练期间，人和狗每天要在一起待上八小时，持续五周，期间包括理论学习、敏捷度训练、犯罪现场调查，还有教狗狗辨别各种不同的助燃剂，并给人示意。这样一项培训花费不菲。根据美国州立农业保险公司的预算，每培训一对搭档大约需要花费23000美元，这包括培训课程所耗的费用以及买狗的费用，因为很多狗都来自育种家和导盲犬协会，也有少数来自动物保护协会和收容所。跟其他纵火调查组不同，美国州立农业保险公司的狗狗和牵犬师参加培训时才初次见面。此外，美国州立农业保险公司每年还要为新成员支付1000美元包括训练、食物和兽医诊疗费在内的费用。

消防部门经批准接纳训练有素的狗狗前（以此证明对狗狗和未来牵犬师的训练投资是正确的选择），美国州立农业保险公司会对特定城市或地区的需求进行判断。当地的消防部门必须证明纵火情况在该地区真正成了问题，尚未侦破和告发的纵火案高于国家平均水平，用狗狗来调查有助于减少因可疑火灾而引起的索赔。密苏里州圣约瑟夫消防局（辖区面积有 70 平方英里，人口约 85000 人）在申请该项目时说明，从 2002 到 2011 这十年内，该地区的消防员因建筑着火而出警 1590 次，其中 205 次火灾因纵火引起。虽然消防局对每次火灾都作了严密调查，但他们成功起诉的只有 4 例案子，远低于国家平均水平。

2011 年秋，一条名叫菲尼克斯的拉布拉多寻回犬进入该部门准备工作，它和新牵犬师——火灾调查员杰森·西弗已经在缅因培训基地接受过五周的训练。菲尼克斯刚上岗几天，就接到了三起建筑火灾案。其中一起火灾中菲尼克斯侦察到了助燃剂，这样一来，一起参与调查的人需要采集的样品就比以前少多了。西弗非常感谢菲尼克斯的帮助，它让整个部门的工作效率提高了很多，节省了很多时间和金钱。

“我们只需要提取两三罐样品就可以了，而以前需要提取二三十罐，不管对哪个部门来说，这都在很大程度上提高了效率，”他说，“狗狗的工作让每个人都受益匪浅。”

当然，美国州立农业保险公司并非高强度训练的纵火调查犬的唯一来源。美国烟酒、火器与爆炸物管理局对高素质的侦察犬非常依赖，它们从 1986 年就开始训练狗狗。跟美国州立农业保险公司一样，美国烟酒、火器与爆炸物管理局跟全国各地的警察和消防部门合作，为警员和消防员提供协助工作的狗狗，这些狗狗在弗吉尼亚州弗兰特罗亚尔的 ATF 犬科动物强化训练中心接受过为期五周的训练。经过 ATF 训练和认证的人犬小组成为助燃剂侦察犬项目的一部分，当地出现可疑火情，需要训练有素的纵火调查犬时，他们必须到场。

在职

纵火调查犬要随时待命：它们跟牵犬师住在一起，从来不知道何时会被叫出去参与调查。

大部分纵火调查犬都是用食物训练出来的，只有成功定位到助燃剂，才能得到吃的。“狗狗坐下来，表明助燃剂已经探察到时，牵犬师就会亲手给狗狗喂食以示奖励，”希瑟·保尔说，“如果狗狗不在火灾现场工作，那就每天训练几次，通过这样的喂食训练来强化狗狗的工作意识。”

美国州立农业保险公司是这样表述接受食物训练的狗狗的话的：“这就意味着，不去火灾现场的时日，我的牵犬师山姆会在消防站或自己家周围洒上几滴汽油，然后说‘好吧，走了，工作去吧！’听到这话，看他绑上食物袋，我已经准备就绪了。我一嗅出助燃剂就会坐下来，鼻子指向那地方。山姆会给我一把食物作为奖赏。”

“我们每天都这么做。我一天至少要吃四杯食物，只是我并不知道什么时候可以吃到，这让我工作起来动力十足。”

助燃剂侦察犬跟爆炸物和毒品侦察犬有些共同之处，但也有明显区别。

先说共同之处吧：那就是工作都很艰辛。退休的火灾调查员苏珊·德·安东尼跟她的助燃剂调查犬鳄鱼在库卡蒙格牧场防火区一同工作了九年。“鳄鱼简直是工作楷模，它各方面的表现都超出了人的预期。”她说，“它在温度很高，到处是碎玻璃，有死尸的工作环境中也从不退缩。但凡我叫它做的，它都会去做。它保护我的车子、贵重物品和人身安全，九年来从未让人失望过。晚间去防火线巡逻或去酒吧检查时，我从来不用担心自己的财产和人身安全。”

人们经常把消防犬看做当地消防站的脸面，认为它们友善又独特。消防犬跟它们的警员搭档一样，常常应邀出现在学校和其他公共场合。

事实上，美国州立农业保险公司把这当成了一项必须达到的要求，所有狗狗和牵犬师都要成功达标。人犬小组到学校等地演讲，向人们展示消防安全和玩火柴的危险性，还会在公共图书馆表演，用讲故事的方式给人们答疑解惑。为了吸引孩子们的注意，消防员通常还会变陈述为表演，主演正是盛装上场的狗狗，消防员还会教它们一些特别的戏法，让它们在众人的盛赞下尽情表现。

当然，他们还会出席一些礼仪性的场合，例如，加入游行队伍，在当地的集市日和喜庆日出现，或是在日常开放的屋子里问候消防站的访客。作为一只消防犬，不管其业余参加些什么活动，宗旨都是一样的："拉布拉多寻回犬的各种技能，与纵火犯斗争的巧妙方法，无不令人称奇。"美国州立农业保险公司的业界执行官托德·巴克说。

退休

跟警犬一样，纵火调查犬也有退休的时候。虽然纵火调查犬的工作不像警犬那么艰辛或危险，但年龄成了影响训练有素的纵火调查犬能力的主要因素，这些狗狗一般会在 9 岁到 10 岁之间开始衰退。

有时，狗狗离开岗位是因为自己的牵犬师先退休了，不过很多调查员到退休年龄后会选择多待几年，因为狗狗还有几年的黄金侦察时间。有时，因为牵犬师即将退休，且城市预算紧张，消防部门将不得不放弃最有效的纵火侦察方式。有时也会因没人愿意花费时间来接受训练而导致狗狗也不得不退出工作。

火灾调查员苏珊·德·安东尼2009年从库卡蒙格牧场防火区退休时，助燃剂侦察犬项目基本上就终止了。她的黑色拉布拉多犬鳄鱼比她早退休两年，但在训练后继犬德纳里时帮了忙。这个项目暂停的原因是，虽然苏珊·德·安东尼作为带头人，于1994年建立了犬侦察组，这个小组的第一条助燃剂侦察犬是条名叫纽比的拉布拉多，但在此之后，再没人来继承她的工作。

此外，他们很难说服市政管理部门，虽然防火区出资训练狗狗，安东尼负责食物、兽医诊疗费和其他费用，狗狗的追踪成绩也令人印象深刻：德纳里和鳄鱼在该地区参与调查了140多起火灾案，鳄鱼还立过一次大功，它在法庭作过证，在一起所涉资金高达130万美元的教堂纵火案中展示了自己的能力，纵火犯被判有罪，要蹲七年的大牢。

“没有苏珊，我们没法维持这个项目，”消防副局长麦克·贝尔说，“她真是超乎想象。我不能说这个项目以后不会有了，但即便有，也是大不同了。”跟人一样，纵火调查犬退休仅仅是因为年龄到了。马克辛跟它的牵犬师达夫·哈里一起工作了十一年，为奥兰多消防部门调查过四五百起火灾案件。“我负责的几百个案件中，失败的不足二十个。”哈里说，“马克辛的精准率达到98%，这样的成绩简直令人咂舌。”他注意到，引进马克辛之前，人类调查员的精准率只能达到40%。

不管退休的原因是什么，有一件事，所有退休的狗狗都得学，那就是：嗅到助燃剂后奖赏的那碗食物要吃掉，且不要离开牵犬师的手。

霍珀

现在，虽然大多数消防站的狗狗主要用做吉祥物，而不是活跃的消防队队员，但大麦町犬霍珀却是个例外，它在布鲁克林区威廉斯堡的211消防分队和119云梯消防队工作。

它还是纽约市防火教育项目的主力犬，这是它的额外任务。它在消防站的日常生活包括鼓舞士气，在宿舍里打盹，在厨房里耐心等待，等厨师扔一小片肉给它。

霍珀生于1990年，它能迅速巧妙地吸引成百上千个在校孩子的注意，每年它都定期陪着消防员凯文·哈恩纳芬走遍当地几百所学校。

有一次特别的学校访问，让它一下子出了名，自己的威望和公众形象也树立起来了。

一天早晨，几个学生看到学校对面的一座房子着了火，赶紧报了警。但是当消防员赶到现场时，火势实在是太猛了，人进去很危险。一个浑身是火的男子从屋里冲了出来，虽然护理人员和消防员迅速灭掉了他身上的火焰，但他还是死了。目睹这一切的孩子遭受很大的心理创伤，大多都吃不下饭，睡不着觉。

哈恩纳芬听说这件事后，确信霍珀可以帮忙。他们到学校后告诉孩子们，霍珀要教他们被火困住时的应对方法。

在哈恩纳芬的命令下，霍珀站起来，开始走动。突然，它停住了，躺到地板上，打起滚来，展示停步、躺倒、打滚的动作，那是消防训练中的标准步骤。

“它只有一岁的时候，我就教它怎么停下来，躺倒和打滚，”哈恩纳芬说，“要是你们的衣服或头发着火了，不能跑，要停下来，躺到地上，蒙住脸，拼命打滚灭掉火焰。”

消息传开后，霍珀的名声远播。它在好几个电视节目上露了脸，包括《大卫·莱特曼秀》。1995 年，它获得了著名的伊赛克李伯曼服务奖，这个奖项是专门颁发给那些工作出色，所作所为经证实超出自己职责范围的纽约市公务人员的。

还有一本书专门写了霍珀的故事，那是一本儿童插画读物，名字叫《消防站犬》，书中展示了这条著名狗狗的日常生活。时任纽约市长鲁道夫·朱利安尼在访问当地学校时，会大声向孩子们朗读这本书，有时还专门让霍珀到场。该书售出了四十多万册。

霍珀一直勤勤恳恳地工作，直到 1997 年，它开始一日不如一日。九岁时，它离开消防站，住到了哈恩纳芬家里，在那里度过了自己幸福安逸的晚年，直到 2002 年去世，享年十二岁。

第四章

搜救犬

这是所有父母最大的噩梦：孩子在林子里迷了路，或是被埋在了碎砾下方。

2007年隆冬，十二岁的迈克尔·奥布里跟他的小伙伴一起到北卡罗莱纳州山区露营。很不幸，他跟自己的伙伴走散了，也找不到回家的路了。搜救人员认真寻找了四天，结果一无所获。随后，他们带来了两个搜救犬小组，搜救工作很快就圆满结束了，两岁的夏伊洛牧羊犬甘达夫在距离露营地不到两英里的地方找到了那个迷路的孩子。

接受了脱水和外伤治疗后，迈克尔解释说，他曾想过寻找最近的路，打算拦下一个司机载他回家，也曾听到搜救直升机的轰鸣声和搜救人员的呼叫声，但他们听不到他的回应。

时间快进到2010年，加勒比岛国海地发生了毁灭性的里氏7.0级大地震。成千上万的人奔向这个国家，提供他们力所能及的帮助，其中就有训练有素的狗狗和牵犬师。虽然这个贫困国的大多数家园和建筑都粗劣得不堪一击，首都太子港死伤无数，但救援人员还是希望能尽量多地挽救生命。

比尔·莫纳罕和他的边境牧羊犬猎人被从洛杉矶县消防部派到了加利福尼亚州特遣部队，成为最先到达灾难地点的援救组之一。他们立即投入到工作中，在总统府附近的瓦砾堆里搜索，并集中搜索曾经是学校、教堂和公寓楼的地方。

猎人在一个曾有四层楼屹立的地方叫了起来，引起了搜救人员的注意，它用自己的方式告诉莫纳罕，岩石和碎砾下方有人存活。狗狗指出了一个特定区域，莫纳罕大声呼叫起来。无疑，有个女孩作出了回应，虽然声音很虚弱，但至少可以证明她还活着。人们经过安全评估，通过撑住石头的方式，安全救出了三个女孩。“对特遣队的人来说，能找到一个活人就算是一种奖赏，”莫纳罕说，“找到两个生还者就是莫大的胜利。大家都很努力，不管是狗、后勤组还是通讯人员，每一个人都倾其所能寻找生还者，能去那里是一种荣幸。”

确保三个女孩平安无事后，莫纳罕的一个同事，加州奥海镇搜救犬基金会的创始人威尔玛·梅尔维尔说：“我们的搜救小组一周又一周不断地训练，就是为了这一刻。一个搜救小组成功了，就说明所有小组都成功了。他们的坚韧，面对极限挑战时表现出的技术和力量让所有人自豪，也给了我们继续前行的希望。”

不管是在无边无垠的荒野之地，还是在灾难区吵闹混乱的密闭空间里，最终找到幸存者的方法都是一样的：用经过特殊训练的搜救犬。这些勇犬精力充沛，搜救成功时，会得到一个球或别的玩具作为奖励。搜救犬——也叫 SAR 犬，会在各种各样的环境和条件下工作：有的训练后可以在方圆百里、人迹罕至的荒芜之地工作，或是定位到埋葬在千百吨碎砾下方的受害者，那里曾是人口密集的摩天大楼。有的则被训练在水中、雪地里工作，告知牵犬师搜索对象是否还活着。

虽然各种SAR牵犬师和狗狗的工作环境大不相同，但他们都有一个很重要的共同点：他们都很爱自己的工作。

“我们都是志愿者，每年训练数百个小时，只希望能为丢了亲人的家庭提供帮助。”费奇基金会的创始人玛丽·派克说。该集团在亚利桑那州的斯科茨代尔开展各种围绕搜救犬的项目。她经常对那些天生有救援能力的狗狗进行评估，这种狗往往精力太充沛，没法做一条好的家庭宠物，却是完美的搜救犬。“我们搜救犬界喜欢那种猛劲。”她说。狗狗通过耐力和精神集中度等技能测试后，将会进入一个收养它的家庭中，开始常规训练。

美国灾难搜救犬基金会的广告中有一段誓言，算是对搜救犬最好的总结：

假如你被困在了一吨重的碎砾下方，我发誓能将你嗅出来。

我承诺，为训练我所花的1万美元，每一分都花得很值。

我承诺，绝不理会其他更有诱惑力的气味，只专注于幸存者的气味。

我承诺，即便爪子受伤，我也会摇着尾巴去工作。

我承诺，永不放弃。

它们是如何搜索的？

人身上每天会有三万至四万个死掉的皮肤细胞脱落，还会留下大量细菌和头发。经过训练的搜救犬必须能从如此多的信息中识别出可以锁定目标人物的线索，随即展开追踪。

训练搜救犬找人的方法有三种：循迹、循味或嗅空气。循迹犬和循味犬有相似之处："狗狗嗅出物件气味，沿着人走过的路去追，引导牵犬师找到目标。"纽约市的一个搜救犬志愿者，与边境牧羊犬布玛一起工作的伊娃·布里格斯说。"气味来自哪里都无所谓，可以是梳子、枕头或昨晚留下的啤酒瓶。"加利福尼亚塞拉搜救犬队的成员辛迪·特勒尔说。他的搭档是一条黑色拉布拉多犬，名叫虎子。

循迹犬通过嗅地面，尤其是失踪之人的足迹沿路追去，只要能确定该人先前留下的足迹，就没必要使用物件来让狗狗识别气味。警方的循迹犬通常用来搜寻嫌疑犯。

循味犬也是沿气味去追，不过没必要完全按失踪之人走过的路来追，因为哪怕是微弱的风也会把气味吹离之前走过的那条路。所以，有失踪人员的衣物或梳洗工具来让狗狗闻就最好。狗狗闻了气味后，按照牵犬师的命令去找气味所属之人。如果没有私人物件，牵犬师可以把纱布拿到那人坐过的椅子上按一下，再让狗狗闻，这对狗狗来说已经足够识别出气味了。

嗅空气犬则抬着头，嗅出空气中的蛛丝马迹。这种犬通常工作在广袤辽阔的荒野之地或是有雪有水、人迹罕至的地方。如果没有失踪之人的任何属物，则接受过这种训练的狗狗闻到任何人的气味都会发出警报，不管他是否属于失踪之人。这种狗训练后会跟踪一种叫香锥的东西，那是人类气味的一种球形混合物，通常会顺风吹来。狗狗一旦定位到香锥，就会追踪过去，一直找到所属之人。当然，狗狗可能找到很多上周路过搜索区域之人的踪迹，这就需要缩小搜索范围，有必要先让它嗅嗅搜索组的所有组员，排除一些气味，然后再根据命令去寻找不熟悉之人的气味。

因为嗅空气犬可以在四十英里的范围内工作，因此，它们工作时通常不需要用绳子拴着，而且能对牵犬师的命令立即作出回应。牵犬师的大部分命令通过口述，也可以打手势。尤其令人称奇的是，各个领域的狗狗都能够追踪10天以前留下的气味。

循迹、循味或嗅空气犬找到目标时，都会得到奖励，奖品可以是狗狗喜欢的玩具、食物，也可以是口头表扬。

“每条狗都有自己的工作动机，”布里格斯说，“布玛获得的奖赏是玩具。所以，在培训过程中，只要它定位到目标，就能得到很多赞美，并且能玩一会儿玩具。”

特定的天气和时间段有助于提高狗狗的搜救能力。“人们更喜欢让狗狗在晚上工作，”缅因州荒地K-9搜救小组的创始人米思提·利比说，“晚上周围的人少，狗狗更容易定位到气味。”

对搜救犬来说，下雨也是件好事，因为天气潮湿时，气味会紧贴地面。当然了，如果雨量太大，气味也很容易被冲走。天气冷的时候非常有利于搜索，因为冷空气会让气味更贴近地面。也是这个原因，很多荒野搜救工作都在晚上进行，至少在当天的气温降低之后进行。不过，温暖的天气也能让搜索更加简单，因为出汗多，脱落的细胞多，狗狗找到人的机会也大大增加了。

科罗拉多州艾佛格林搜救犬小组的组员，《巴伦搜救犬指南》的作者安吉拉·伊顿·斯诺瓦克建议说，搜救犬小组至少每周要训练二十个小时。“我们告诉其他人，要尽可能多地训练，每周四至六次是最好的。”她说，“我们还说，这必须成为他们生活中最重要的事情。你要是有孩子，孩子年龄尚小，或是必须优先考虑其他工作，那做这行就得三思而后行了。”

“你做这个，纯粹只是因为喜欢这份工作，因为你不能从中获利，”与狗狗拉什顿并肩工作的俄亥俄州第一特遣部队成员德比·崔普利特说，“事实上，这份工作还会让你付出很多，真的是在消耗你的生活，你必须不断付出才行。”

训练一条搜救犬至少需要六百个小时的积极练习，因为有太多不同的搜救纪律要遵守，且每个阶段的训练都要花费几小时甚至几周时间。多数情况下，一条搜救犬只接受一个领域的训练。

城市救灾搜索

城市里所有警察和消防部门都有训练有素的 K-9 小组，他们不光具备基础的搜索功能，还能侦察毒品和炸弹。大规模的灾难——如飓风或地震过后，当地的救援组织会求助于美国联邦紧急事务管理署（Federal Emergency Management Agency，简称 FEMA），该机构会召集全国范围内经过高度训练的狗狗和牵犬师队伍，形成特遣部队。他们可以放下手头的一切事务，投入到紧急救援当中。事实上，这些小队非常训练有素，有人甚至认为狗狗们顶得上精英海豹特遣队。

认证为 FEMA 的搜救小组前，狗狗和牵犬师必须通过一系列的测试，包括基本的服从能力和机敏度测试。狗狗必须证明自己能通过各种模拟城市灾难现场的障碍课程：在碎砾和摇摇欲坠的残垣断壁间走过，爬上倾斜四十五度、八英尺高的楼梯，穿过高于地面八英尺的狭窄面板，爬进一片漆黑、看不见出口的隧道，在东倒西歪的瓦砾堆中找路。

“它们每天都可能在训练场上死掉。”崔普利特说。

FEMA 在全国各地部署了二十八个特遣队，一个特遣队包括两个三十一人的小组和八条狗，他们随时准备接受部署。就 FEMA 的任务来说，狗狗是极为重要的一部分，因此特遣队必须在辖区内拥有至少一条通过认证的搜救犬和一位牵犬师，才能对紧急事务作出必要反应。但是，全国二十八个特遣队只有二百条通过认证的搜救犬，空缺有时在所难免，整个特遣队都无能为力。事实上，特遣队除了医生，最难填补的空缺就是狗狗了。

筛选出来的狗狗通过所有初始测试后，紧张的训练就开始了。一般来说，狗狗的年龄在十八至二十四个月之间为最佳。为认证测试准备的培训至少需要耗时一年。一个 K-9 小组通过认证后，还需要参加特殊的培训课程，这种课程至少一个月进行一次，狗狗通过认证后，意味着要在特遣队里待三年。

理想的城市搜救犬的年龄在四至七岁之间，这个年龄段的狗狗，不仅有了一些经验，而且体能和情感都处于最佳时期。太过年轻的狗狗往往精力没那么集中，在灾难现场很容易分心，而太老的狗狗呢，体能开始衰退，行动会变得迟缓下来。

理想的狗狗还要内心坚定，或者说很有胆量，这也就是说，它们必须能适应重压环境，像士兵一样无视噪音、各种分散注意力的东西或者陌生人。“搜索灾难区域的狗狗需要有极大的魄力，因为它们经常在碎砾堆及其他危险环境下工作，”工作犬保护组织的创始人之一艾梅·赫特说，“它们必须能在喧扰的工作现场休息，能对抗由人、噪音和压力造成的环境。”

狗狗坚定的内心对等待救援的人来说也同样重要。“狗狗要让人感觉到获救的希望，而不是一种威胁。”研究过搜救犬技术

美国联邦紧急事务管理署

成立于1979年，总部在华盛顿哥伦比亚特区，直接受美国总统领导，是美国发生重大突发事件时进行协调指挥的最高领导机构。其使命是“在任何危险面前，领导和支持全国范围内抵抗风险的应急管理综合程序，通过实施减灾、准备、响应和恢复四项业务，减少生命财产损失，维护社会稳定”。2003年3月1日，FEMA加入美国国土安全部。

运用的瑞尔森大学教授亚历山大·弗沃恩说。

有一点必须承认，并非每个品种的狗狗都具备这些特点。理想的FEMA犬是纯种拉布拉多寻回犬，通过认证的FEMA犬50%都是这个品种；其次就是柯利牧羊犬、德国牧羊犬、金毛和比利时马林诺斯犬。狗狗的脾气和尺寸都很重要。一些不属于FEMA的牵犬师更喜欢训练尺寸较小的狗狗做搜救犬，因为它们比较方便挤进狭小区域，找到困在坍塌建筑下方的人，而大部分牵犬师，不管是否属于FEMA，都更喜欢尺寸较大的狗，因为它们毅力好，可以持续在重压下工作，一天跑上十二个小时也没问题。

不管是什么品种的狗狗，敏锐又有极大的工作热情显然是很重要的。“职业道德高的狗狗不需要牵犬师的提示就会开始搜索，训练暂停时它们也会继续工作，让它们休息时它们会表现出不耐烦的情绪。”赫特说。

根据FEMA的说法，受玩具驱使的狗狗最适合做城市搜救犬。基本上，这对它们来说就是一个躲猫猫的游戏。“训练时，人们从狗狗那儿跑开，带着玩具躲起来，被找到后就跟狗狗玩。等到了真正的搜索现场，狗狗就很愿意去搜找被困之人。”

“狗狗要能从玩具那儿获得巨大动力，它们为玩具着迷，如果是理想的搜救犬，不管你扔出的是什么玩具，都会令它着迷。”圣伯纳第诺郡治安官搜救犬小队第6特遣队的西拉·麦基说。与她一起工作的是黄色拉布拉多犬吉尼斯。

爱玩是搜救犬必须具备的品质，但成功通过FEMA认证的狗狗必须能抛开玩耍，长时间把精力集中到手头的工作上。如果狗狗恐高或是害怕探索自认为不安全的新领域，就没必要长时间训练下去，也不宜继续进行现场工作了。总之，搜救犬必须能在非常紧张的气氛中工作，且能完成一些比较高难度的动作，包括爬行、被放到平台或水桶中吊到十英尺甚至更高的地方、通过绳索下放到深不见底的漆黑空间里，最重要的是，能无视噪声和其他干扰，包括其他狗狗、汽笛和人的干扰。

通过FEMA认证的狗狗可以不穿防护衣，不戴挽具或项圈就投入到工作中去，而在其他环境下工作的搜救犬通常要戴这些。很多城市的搜救犬都不穿靴子，尽管现场会出现碎玻璃和其他损坏的建筑材料。这样做是有原因的：如果狗狗脚上有东西，它在不平坦的搜救现场走动时就很难保持平衡。“狗狗通常需要施展一种叫‘软走’的技能，狗狗需要伸开爪子，使脚掌和地面产生最大限度的摩擦，”FEMA报告说，“在狭小或障碍重重的空间内搜索时，项圈和靴子有时会减少摩擦，加大危险。”

9·11事件后，麦基和吉尼斯到世贸中心参与了搜救工作。袭击发生后，电话铃一响，她就蓄势待发了。“在那种情况下，你要放下手头的一切，离开工作岗位，准备至少够你和你的狗狗生活 10 天的各种东西,而且要在两小时内到达指定位置。”她说,“真是一团混乱。我们 9 月 11 号接到部署通知，开始在碎砾堆里工作，只可惜，12 号之后就再也没找到过活人。”

他们每天只睡几个小时，10 天后回到家时，大家的生理和心理都疲惫不堪。“在那种氛围下，受肾上腺素的刺激，你会做很多工作，全神贯注，不断奔走，睡得很少很少，”麦基说，“几天过后，你才会开始回想当时的情景。”

荒野搜救犬

不管在世界的哪一角，人一旦进入荒野，就很容易迷路，那里广袤无垠，人迹罕至，又没有界标可以帮你。孩子会迷路，白天徒步旅行的，有老年痴呆症或早发性痴呆症的都会走丢。哪怕是经验丰富的远足人，也会在荒野中不断兜圈子，花上几个小时甚至几天时间来找出路。

搜救人员奉命去找迷失在树林里的人时，需要带的最佳工具就是训练有素的荒野搜救犬。

“如果要搜索的领域很广，我们就会被派出去，”缅因州荒地 K-9 搜救小组的米思提 · 利比说，“一条狗能搜索 20 英亩的区域，顶得上几千个人的工作。”

跟城市搜救犬相比，做荒野搜救犬的狗狗体型要更大些，因为它们耐力更好，也更强壮，可以长时间奔跑，不会轻易衰竭。它们的牵犬师也必须强壮才行，因为有些搜索工作要求搜救小组必须露营，以节省时间，那就意味着，牵犬师需要背着装满必要食物和水，重达四十多磅的背包在崎岖的路面上步行。

有些荒野搜救组配备了高科技装备。搜救指挥官会通过象限划分区域，将这些高科技设备分配给搜救犬组，后者会使用地形图来指引方向，很多牵犬师还会让狗狗穿上装有 GPS 的防护衣，这样一来就算人犬分开了，也很容易就能找到彼此。

有时，城市搜救犬也会被派到荒野中来帮忙。那是 2007 年，科罗拉多州城市搜救 FEMA 特遣队的德国牧羊犬洛奇及牵犬师罗杰·马修斯参与到寻找两个徒步旅行者的工作中，这两个人已经在落基山国家公园的荒野地区失踪了五天。在十五英里以外的地方嗅到他们的气味后，洛奇和马修斯找到了他们。

水中救援和寻回犬

训练有素的水中救援和寻回犬可以在船头、海岸线上工作，或是在水中边游泳边工作。有一条著名的水上搜救犬，它名叫麦斯，是条纽芬兰犬，住在意大利。主人费卢西奥·皮伦加对它精心训练，让它能适应直升机密闭且嘈杂的恶劣环境，并在闻到有用气味时从直升机上准确跳到水中的相关位置。

人们一般都认为纽芬兰犬是最适合做水中搜救犬的品种，它们皮毛厚，脚上有蹼，而且很喜欢水。这种犬可重达150磅，很多都擅长游泳，在水中移动的速度比专业游泳运动员还要快。

水中救援和水中寻回有重要区别。水中救援时，狗狗协助它的人类搭档，以救生员的形式出现。一条训练有素的狗狗会把救生衣带给溺水之人，帮忙引着人回到岸上，甚至能把坐着人的船只安全拖到岸边。

水中寻回犬的工作是：寻找水下的尸体。

水中寻回的工作并非每条狗、每个牵犬师都适合做。其中一个原因是：并非所有狗狗经过训练后都能在船上找到舒适感，或者说，至少能忍受船上的环境。不过最重要的是，由于奖赏延迟，狗狗需要特别有忍耐力才行，因为大多数情况下，牵犬师让它们找的都是死尸。

总之，狗狗能得到奖赏——一番赞美，一阵款待，或是拽着玩具玩儿，都需要人类搭档确定它做对了才行。对有些狗来说，这实在是太难了。不像城市救灾犬和荒野搜救犬，只要找到的东西得到确认，就能受到款待，水中寻回犬的奖赏可能过几个小时都不一定能有，要等潜水员对它的发现进行确认后才行，而且，就算到那时也不一定就有。

“水中寻回工作非常有挑战性，也是最让人灰心丧气的，”

科罗拉多州柯林斯堡拉里默县搜救中心的荒野搜救犬牵犬师朱莉·韦伯拉说，“你只能说，我的狗狗发出警报了，这里有气味。但并不能确定那里有没有人，是不是气味汇集处。因为有水介质的存在，这是一个短时间很难解决的问题。”

雪地和雪崩搜救犬

有一张搜救犬的照片特别受欢迎，照片中的狗狗专门在雪地上救人，脖子上挂着一个装满白兰地的木桶，这条狗就是圣·伯纳德。现实中的情况有点差距：目前巡逻滑雪胜地和冬日荒野区域的狗狗，个头一般只有圣·伯纳德的一半那么高，它们非常敏捷，更加擅长和专注于挖掘找人，而不是给人带去液态食物。

被雪崩困住时，最危险的不是雪本身，而是一路卷带而来的物体。一般情况下，崩塌的雪一小时能移动 185 英里，重达几吨的雪卷裹着树木、岩石，甚至还有不幸的路人。就像激流一样，雪崩会让人不知所措，等滚动停止时，有时被困的人根本无法确认哪里是上方。而且，即便雪只有几英尺深，卷裹在一起的雪也可能如同混凝土一样坚硬而无法穿越。

所以，很多雪崩搜救犬首先要学的技能就是乘坐升降椅，在飞机、雪地机动车拉动的雪橇上保持镇定。滑雪巡逻员乘坐滑雪板或雪地履带车的话能迅速接近陷入危险的人，但雪太深时，狗狗就无法指明方向。有些滑雪胜地配有雪橇，滑雪人可以让狗拉着雪橇靠近雪崩受害者，但这样做会浪费掉珍贵的营救时间。

到了营救现场，训练有素的雪地救援犬能在营救小组开始用铲子和手往下挖前，指出确切的区域。时间非常宝贵，大部分狗狗可以探察到雪地表面往下三十五英尺处的人。如果人被撞晕了，情况会很糟糕；如果醒着，则更加危险：惊恐的呼吸和带着热气的身体会让薄冰在周围的小气穴中迅速形成，受困的人会在十五至三十分钟内窒息。

有的滑雪胜地拥有自己的雪崩搜救犬，另一些雪崩搜救犬则由滑雪巡逻员拥有和培训，把它们带到工作现场。参加雪地营救工作的多是拉布拉多犬、德国牧羊犬和金毛寻回犬。选择它们不仅因为它们的脾气好，还因为它们皮毛厚重，能抵挡风寒。

寻尸犬

并非所有搜救犬组都参与救援，有些只专注于搜索。

“寻尸犬专门定位人的尸体，这是再简单不过的工作，它们找的不是尸体本身，对它们来说，这是一个大游戏。”安迪·雷布曼说。他是康涅狄格州的一名退休警员，曾于 1978 年训练过本州的第一条寻尸犬鲁弗斯。

寻尸犬发出警报的方式比较消极，为了避免扰乱证据，训导员不会教它们用抓地之类的积极方式来发出警报。“比如，我的狗狗会躺下来，”雷布曼说，“我们鼓励狗狗用消极的方式给人警报，例如坐下，或是站着，朝地面吠叫。这看似奇怪，但比积极的警报方式有用。千万不能让它们自己往下挖去寻找气味来源，因为你面对的可是潜在的犯罪现场。”

寻尸犬的工作能力很可能让人大吃一惊，尤其是面对那些悬而未决的、留下的蛛丝马迹已经过了几十年的案件时。面对一起已经尘封六年的老案子，罗德岛州警察局的下士警官马特·萨瑞拉和几条寻尸犬在二十分钟内就找到了有用证据。

“使用寻尸犬，可以有效缩小搜索范围，让潜水员在很小的区域内搜索。潜水员走进水中，等到水快齐胸时到四周摸索，寻找骨骸。”谈到一桩老案子时，他如是说。这桩案子涉及的那具男尸在沼泽中已浸泡了六年，早已腐烂。

跟人一样，并非所有狗狗都适合这种工作，尽管它们找到尸体会有奖励。“过去几年我们发现，有些狗狗对死尸很厌恶，”雷布曼说，“我们也不确定是什么原因。也不是所有狗狗都这样。”

总之，狗狗的工作，对失去亲人的家庭来说，多少是一种安慰，这也是它们的人类搭档坚持做这份工作的原因。“找到失踪的人，把他们带回家，”萨瑞拉说，“那种感觉太好了，绝不是金钱奖励所能衡量的。”

达克

“狗狗是伟大的搜索者，”与雪崩搜救犬、金毛基瓦一起工作的太浩湖滑雪救护队队长戴夫·麦克康奈尔说，“我要是碰上了雪崩，肯定希望狗狗来找我。一条狗在30分钟内搜查的雪崩区域抵得上10个好探针6至8小时内能覆盖的区域。一条狗能改变一个人的生死。训练场上，我曾看到基瓦三分钟内就找到了一个人。”

达克是只金毛寻回犬，是基瓦的伙伴，柯克伍德滑雪胜地雪崩搜救犬项目负责人戴夫·帕拉迪兹是它的训导员，他们曾于1993年1月救过二十五岁的杰夫·艾克兰的命。当时艾克兰正在值夜班，他驾驶雪道压雪机时突然遭遇雪崩，被困在了路上。“整座山都崩塌了，”艾克兰回忆说，“声音震耳欲聋。”

所幸的是，他的同事看到了这场大雪崩，并及时报告给了滑雪救护队。帕拉迪兹和达克就在附近，一听到消息，他们就朝雪崩地点赶了过去。

因为艾克兰和雪崩救护队很熟，他知道自己该做什么。“我只是尽量让自己平静下来，”他说，“我对自己说，‘你虽然被埋了，但毕竟是在度假胜地，会有经验丰富的人来救你的。’我努力放慢呼吸，以免氧气过早被吸光。最开始的八九分钟，我一直都很平静。”同时他也觉得疼得要命，分不清方向。“我觉得就像有一个粗糙的大杜松枝穿过了我的身体，”他说，“原来是雪崩让我的身体往后折了过去，我的脚跟就在脸那里，但我不知道。”

很快，平静便土崩瓦解，他惊慌起来，紧张导致洞穴里的那点氧气很快就耗光了。“我的呼吸越来越困难，最后那三分钟，我像狗一样喘着，努力想吸入点空气。随后我想到，‘哦，我要死了。’这时，我的眼睛开始适应洞穴，只见洞穴正慢慢地合拢。我不停地喘着，但没有氧气透进来。我觉得自己死定了，洞穴基本上封闭了。就在那时，达克的爪子突然伸进来，碰到了我的背。氧气不可思议地透了进来，我可以再度呼吸了。我知道那是达克，便尖叫起来，‘达克！达克！’那种感觉真是太好了……”

总之，艾克兰被埋了十五分钟，差点就没命了。而外边的营救人员也知道他们已经接近目标，只想确保能在艾克兰耗尽氧气前找到他。看到达克发出警报，快速往雪里挖，他们就知道找对地方了。“达克找到艾克兰时，它的尾巴就像螺旋桨那样旋了起来，”帕拉迪兹说，“我看得出，达克真的很兴奋。它得到了很多拥抱和爱抚。后来，艾克兰为它举办了一个派对。”

艾克兰背部受伤，断了几根肋骨，但恢复得很好。“我欠了那狗一命，”艾克兰说，“那场雪崩让我身体朝后折了过来，动弹不得。我被埋在了一棵树旁，就在我快要撑不住时，达克的爪子碰到了我的背。要是没有达克，他们恐怕要花上几个小时才能找到我，那时我肯定死了。”

为了向达克和帕拉迪兹表达自己的感激之情，艾克兰特意把达克的肖像文在了自己胸前靠左的地方。

瑞基

2001年美国世贸中心发生9·11事件后，很多勇犬参与到了搜救和灾后重建的工作中。其中有一条狗狗虽然体形不大，却帮了很大的忙，它就是三岁大的捕鼠梗犬瑞基，它还是全美国最小的城市搜救犬。

瑞基跟它的主人及牵犬师——消防员珍妮特·林克住在西雅图，一听说发生了灾难，他们马上赶往了纽约。于9月19日到达后，他们立马投入到了搜救工作中。他们负责晚上的值班巡逻工作，被袭击后的那个地方在夜间显得既危险又很不真实。

训练有素的瑞基既能找到那些不幸遇难的人的尸体，也能搜救那些活着的人。遗憾的是，到达纽约后，林克意识到，他们找到的只能是尸体。十八磅重的瑞基工作起来跟之前数百次的搜救演习毫无两样。而且，与其他狗狗相比，它有一个很明显的优势：可以从碎砾堆和毁坏物的狭小缝隙中挤进去。

“有时，我们得爬到金属架下方，空间变得越来越狭小，”林克说完又补充道，不管对她还是对其他搜救者来说，整个现场都太凌乱了，搜救工作很难展开。

“什么都没法辨认，”她说，“看不见任何梯子，也看不见扶手。垒球那么大的混凝土块都很少有，唯一能看见的完整物件就是纸片。你可能会找到项链或是某人的寻呼机、手机。你还可能找到一件衣服，却不是在人身上。”

但不管心情怎样，林克和瑞基都坚持了下来。她知道努力总会有回报。“很难确切地知道瑞基帮忙找到了多少人，”她说，“我曾看见他们从我们刚刚搜索过的地方抬出了一个警察和一个消防员的尸体。”

在那十天的时间里，林克和瑞基一直在现场搜索。跟其他现场救援人员一样，她相信他们的工作有着无可估量的价值，但也担心这工作会影响到自己的狗狗。“有时候我真想知道，狗狗是否会受我们情绪的影响，”她说，“我紧张时，狗狗也紧张，我心烦时，狗狗也心烦。临近尾声的时候，它厌倦了工作、厌倦了噪声和喧闹。搜救现场的电源和施工设备一直在运转，一切是那么嘈杂。当完成工作回到家后，我从来没见瑞基这么高兴过。”

比尔博

大部分通过认证的水中搜救犬都要先接受一种训练：发现尸体时予以警报，因为能救到活人的时候很少。

英国的康沃尔郡有一条训练有素的狗狗，它名叫比尔博，不仅能帮忙从水中搜救受困的人，还能告诫他们切勿越过安全游泳边界，到水流急的地方去。

比尔博是一条纽芬兰犬，跟它的主人史蒂夫·贾米森——夏日旅游胜地塞伦湾海滩的前任救生员队长一起工作。2005年，比尔博获得了不列颠唯一水上救生犬的荣誉称号。

“它是救生队不可或缺的一部分，”贾米森说，“一有警报，它的耳朵就开始抽动，我就知道有事情发生了。”

不过，多数时候，比尔博感觉到危险时，自己就能处理。有一次，贾米森和比尔博正在一片沙滩上安装设备，沙滩上有几个享受日光浴的人。突然，比尔博的耳朵竖了起来，随后快速冲进海浪里，朝两个游泳者游去，从沙滩上看去，那两个人已经快看不见了。“它投入水中，朝他们游过去，”贾米森说，“他们并没有遇到什么危险，而且很享受，但是比尔博一直待在那里，以防需要它的时候能及时提供帮助。”

“如果比尔博觉得水势太汹涌，还会阻止游泳者进入水中。”

当地的游泳爱好者雷恩·司妮普说。一天，她正往水里走，比尔博用身体挡住了她。“我不愿意停下，它就自己游了进去，向我展示它要游回来有多困难。这太不可思议了。”

进行救援时，比尔博朝着遇险的泳者游去，身上会戴着挽具，挽具上系着一个救生圈。随后，它绕着溺水的人游动，把救生圈推给他们。等他们抱住了救生圈，它再朝岸边游来。

比尔博还是条小狗时，贾米森就开始训练它了。人们很喜欢它，还有本书专门写了它，名字叫《海上救生犬比尔博的真实故事》。直到2008年春，比尔博整整做了六年的救生犬后，英国皇家救生艇协会开始承担那里的海滩救生任务。他们对贾米森说，比尔博不能再提供救生服务了，因为它没有通过复苏法测试，而且康沃尔的海滩上不允许有狗存在。尽管比尔博备受赞誉，在工作期间救过三条命，并让无数人远离了危险。

贾米森和公众都对这一决定感到很愤怒，他们开始抗议，要求让比尔博恢复原职。有数千人签名的请愿书递上去之后，比尔博和贾米森终于获得许可，可以回到海滩上做兼职工作。不过，2010年7月，贾米森辞去了这份工作，全心投入到公众教育中，告诉他们在海滩上要如何注意安全。同月，这条巧克力色的纽芬兰犬在伦敦赢得了英国布姆兰宠物奖，被誉为当年的英雄萌宠。

第五章 导盲犬、服务犬和辅助犬

本书提及的狗狗中，最常见的勇犬就是辅助犬。这种狗狗也被称做导盲犬或服务犬，它们无疑能给人们的生活带来戏剧性的变化。

玛西·达维斯是一个半身麻痹患者，虽然身患残疾，但活得积极乐观，还有自己的咨询公司，常常与朋友会面，出去旅行。她是 1972 年不幸成为残疾人的，但直到 1993 年，一条名叫拉蒙娜的拉布拉多犬和金毛寻回犬的混血犬进入她的生活，她才意识到自己能做、能想、能成就的事情是那么多。

“突然间，一个全新的世界展现在我面前，”她说，“拉蒙娜来之前，我一直觉得自己什么都要靠别人。但是，它进入我的生活后，我很快就清楚地发现，自己并非真的无能，意想不到的事情太多了。很多接受服务犬帮助的人都有这种大开眼界的经历。一切都是那么突然，不可能的事变成了可能，你觉得无论如何都无法企及的事，现在变得触手可及了。不管是私人生活还是职业生活，各个领域都扩展开了，能力提高了，旅行机会、家居选择和交通方式也更多了。”

接受过辅助犬帮助的孩子，其变化也同样惊人。“狗狗能帮你交朋友，”四爪能力公司(4 Paws for Ability)的职员凯伦·夏克说，“要是你的狗狗会戏法，其他孩子就会很想认识你，而且会对你的残疾视而不见，因为你的狗狗太酷了。”

有关美国残疾人法律法规和相关标准的《美国残疾人法案》(ADA)将辅助犬定义为:“经过个别训练，能为残障人士提供帮助的狗狗，例如，为盲人领路，给聋哑人提醒，警示和保护发病之人以及执行其他特殊任务。辅助犬是工作犬，不是宠物。”

总体来说，导盲犬是专门训练来帮助那些可能是部分失明，也可能是全盲的盲人的。“受训后的导盲犬能引着人沿直线从A点走到B点，并且走到路边或有楼梯的地方时会停下来，引着人绕过障碍物，包括头顶上的树枝。”美国导盲犬协会的职员黛博拉·巴恩斯说。这是一家专门负责培训和安置导盲犬的机构。

助听犬，听名字就一目了然:在日常生活中帮忙提醒聋哑人或有听力障碍之人的狗狗。这些声音包括门铃声、电话铃声、火警声和其他声音，它们在日常生活中提供帮助，或让主人远离危险。经过训练的服务犬主要是为有移动困难和大部分时间都坐在轮椅上的人服务。

很显然，很多有身体残障的人都得益于辅助犬的帮助，例如半身麻痹之人、盲人或聋哑人。帮助这些人的狗狗经过训练后，也可以觉察到他们的身体疾病并发出警报，如糖尿病、哮喘和过敏症，这些技能将在医疗检测犬一章中讲述。

近几年来，另一种辅助犬开始出现在人们的视野中:精神护理犬和情感支柱犬。这是两种不同类型的狗狗:精神护理犬是真

四爪能力公司
1998年成立的一家专为儿童提供辅助犬服务的非盈利性机构，位于美国俄亥俄州一个景色优美的小村庄齐尼亚。

正的辅助犬，为有严重精神障碍（从创伤后应激障碍到抑郁、恐慌和焦虑症）的人提供帮助，执行一定的任务。有关各种辅助犬的在线资源网站——辅助犬中心认为，辅助犬的技能包括："帮助因药物出现眩晕的牵犬师恢复平衡或为其提供支撑；如果牵犬师接受了重度药物治疗或睡觉时设了闹钟，狗狗听到警报声后要唤醒牵犬师；在房间里做一些搜索工作或者为创伤后应激障碍的人点亮光明；阻止有游离症的人走进危险区域（如交通繁忙地段）；将没有判断力的牵犬师引向特定的人或地方等。"

情感支柱犬为个人提供服务的方式与理疗犬在医院或疗养院帮助病人的方式无异。不过，只有在认可的服务犬机构受过训练并通过认证的狗狗才有权作为辅助犬进入这些地方，否则只会给那些靠狗狗帮忙的人带来恐慌。

"很多证据表明，动物是主要的抗抑郁剂，"纽约一位专攻人类和动物关系的心理治疗师卡洛琳·弗丁说，"它们给人安全感和奇妙的情感安慰，帮助有失能恐惧症，如广场恐惧症的人。"

服务犬中心将情感支柱犬定义为："为伤残人士或年老之人提供治疗辅助的狗狗，它们与其做伴、给予其无可挑剔的关爱，并专注其生活。如果医生认定病人有失能性的精神疾病，与情感支柱动物（ESA）相伴能受益匪浅，就会在病人的申请函中附信，帮助病人申请在家中豢养 ESA，或是与 ESA 一起乘飞机旅行，前提是这个病人家中没有宠物。”

美国司法部人权办公室残障人权科副主管萨利·康威说:“总体来讲，说到治疗犬、安抚犬和情感支柱犬，我觉得这几种叫法可以互换——它们并非《美国残疾人法案》中定义的辅助犬，因为它们并没有被训练去工作或执行任务，它们的存在只是为了帮助残障人士。一般来说，ESA 通过自身在场的方式给残障人士提供有价值的服务，不过那是它们天生就拥有的能力。它们并没有达到可以去工作或执行任务的水平。”

柯利牧羊犬基拉就是一条很好的精神护理犬，它帮助一个叫苏珊的女孩抵御了因幻觉而触发的周期性恐慌症。“苏珊用基拉来进行‘真实性核实’，根据狗狗的反应来鉴定是否真有其事，如铃声响了，房间里出现陌生人——是真的还是完全可以忽略的假象。”美国密歇根州斯特灵海茨服务犬组织的训练师乔安·弗洛林说。除了做其他任务，基拉还会打开卧室的灯，嗅嗅各个角落、橱柜和床下方，告诉苏珊一切安全，可以进来。“终于，她能自己待在家里了，这意味着她已经向独立迈出了一大步。”

最早的辅助犬训练报告可追溯到 16 世纪，其中有些是关于如何训练狗狗，给盲人和生活不独立的人提供简单帮助的。不过有人说，人类从公元 1 世纪就开始训练狗狗做这些辅助工作了。

“一战”期间，德国很重视狗狗的训练，他们有专门培训狗狗的学校，用来帮助那些在战场上失明的退役老兵。

美国的第一个导盲犬项目始于1929年，莫里斯·弗朗克在田纳西州的那什维尔成立了“全视之眼”训练所。弗朗克十六岁时右眼失明，十年后又失去了左眼，两次都是意外所致。二十岁时，他读到了一些有关欧洲导盲犬学校的资料。后来他到瑞士旅行，跟德国牧羊犬布迪一起接受训练。回到美国后，他和这只狗狗到全国各地旅行，告诉人们狗狗是如何帮助人类的。不过，直到1929年他才开始筹建学校。随后，其他学校相继成立，包括1941年在北加利福尼亚成立的导盲犬学校。

20世纪70年代以后，导盲犬在很多地方进入了公众视野，可以说，导盲犬帮助盲人走出了阴影。其他残障人士了解到这一点后，开始奔走呼告。到了80年代，人们决定向莫里斯·弗朗克学习，训练狗狗执行特殊任务，方便残障人士的生活，帮助他们更好地适应社会。

1990年，《美国残疾人法案》首次通过，2008年时该法案通过了重要修正，其对残疾人的定义如下：

· 生理或心理上有损伤，导致一种或多种主要活动受限的人。

· 有伤残记录

· 经审视有该类伤残

训练后的辅助犬——如第八章所述，能为医疗紧急事件发出警告的狗狗都在本法案涵盖的范围之内。根据《美国残疾人法案》规定，“为公众服务的商业场所和组织必须允许伤残人士带着服务犬进入各种公共领域，只要是一般客户允许进入的地方，他们都可以进去。这一联邦法律适用于所有向公众开放的工商企业，包括饭店、宾馆、出租车、公共汽车、杂货店、百货商店、医院和诊所、剧院、健康俱乐部、公园及动物园。”

辅助犬都做些什么？

根据玛西·达维斯的说法，辅助犬的任务大体可以分为三类：基本服从、服务任务和公共访问。“这些经过特殊训练的狗狗帮忙执行一些任务，如对来电或门铃作出回应、寻回某些物件、就身体上的问题发出警报、携带包装好的物品、帮助主人穿过街道、顺利通过楼梯和电梯，还有其他很多日常工作。”

很多辅助犬都身穿防护背心，配有标牌或其他装备，证明它们是正在工作的服务犬，以防商店老板和其他反对动物进入相关场地的人询问。这种身份证明也有助于防止路人轻拍或触碰狗狗，这样可能会让狗狗分心，无法把精力集中在任务上。很多时候，防护背心也意味着，“抚摸我之前请先征求意见”，或是类似的警告。

各种狗狗都可以成为辅助犬，不过有些品种和尺寸的狗更适合一些。例如，助听犬可以是尺寸很小的狗狗，而拉布拉多犬、金毛寻回犬和德国牧羊犬更适合导盲犬和服务犬这样的职位，因为这些工作对尺寸和力量有要求。

这些狗狗的来源各不相同，这取决于各种组织。例如，纽约洛克波特的残疾人辅助犬组织会从收容所或无法再养宠物的家中把狗狗收养过来，也接受育种家捐赠的纯种狗。四爪能力公司培训宠物主人和育种家捐赠的狗狗，也训练收容所的狗狗，他们自己也有一个小型的饲养项目。

在美国的很多地方，训练有素的导盲犬和服务犬供不应求。这种狗狗少的其中一个原因就是成本问题。把一条狗狗训练成完全合格且通过认证的服务犬需要花上两年时间。而且，如果是纯种狗，导盲犬服务组织要先让育种家饲养狗狗，这就需要另外花上一笔费用了。

第二，并非所有狗狗都适合这项工作。有人认为，由于种种原因，成功训练出一条服务犬或导盲犬，需要淘汰多达十五到二十条狗狗。

乔治亚州阿法乐特市的犬类助手组织透露，每年等候服务犬帮助的成人和小孩有六千多人。跟其他犬类训练和安置组织一样，列入犬类助手组织名单的个人如果能证明其对狗狗有迫切生活需求，就会排到名单比较靠前的位置。该组织的工作人员会核实在狗狗的帮助下，申请人的生活质量能提高多少，并据此来做决定。但就算这样，等候的人还是越来越多。他们预计，即便某人获得批准，挪到了名单最前列，其真正领到狗狗还需要一至五年的时间。

训练

一条辅助犬成为某人的搭档前，需要在它身上花费大量的时间和金钱。由非营利性组织训练成熟的服务犬大多在幼年时就在耳朵上做了标记。

四爪能力公司的每一条狗，到安置时都接受了大概 500 个小时的训练。该组织的训练主管杰里米·杜尔波恩说，“业界的培训标准是 120 个小时。”四爪能力公司训练一条狗狗大约要投资 22000 美元，这还不包括其日常的生活开支。领取狗狗的人一般需要支付 13000 美元，剩余的由拨款和捐赠来弥补。自 2001 年集团成立至今，四爪能力公司已经训练和安置了六百条狗狗，基地内随时有两百条狗狗在接受训练。

狗狗的训练分为三个阶段：首先，狗狗要与小狗饲养员生活一年，饲养员会教狗狗基本的服从事项，让其适应社会生活。这项工作可以在私人家里进行，不过，现今已越来越多地在监狱犬项目基地进行，这一点我将在第七章讲到。

寻找合适的小狗饲养员是一项非常具有挑战性的工作，因为饲养员知道，他们得为狗狗耗上一年左右，要付出无尽的爱，这期间也不知道要工作多少个小时。布兰德·韦弗自2000年开始做小狗饲养员。“我真讨厌与狗狗分别，这让人太难受了，可是，它们都已经准备好接受下一步训练了，”她说，“你要想一想，它们能为主人、为主人的独立带来多大变化。”

加利福尼亚羚羊谷导盲犬俱乐部的狗狗饲养员、志愿者凯·布里科纳同意这一观点。“狗狗被收回去时，你会哭，会有其他情绪化的表现，会想过退出。”她说，“但是，毕业的时候到了，你看到了自己的成果，看到自己的努力和付出的爱能为别人带来幸福，这就是回报。”

下一步就是去专业学校了，如四爪能力公司这样的专业培训机构，狗狗在那里学习执行任务，帮助新主人独立起来。小狗饲养员难以适应与狗狗分别的日子，狗狗们也同样会有一段难过的时期，因为与小狗饲养员的深情厚谊到头了。它们曾与饲养员一起旅行、睡觉、吃东西、散步、工作、社交，参加所有必要的辅助犬训练活动，如今却要分离，进入学校去学习如何执行上百种不同的任务，从开灯到协助人过马路，帮人捡起掉落的物品。

最后一步由新主人来执行。如果领养人以前从来没跟辅助犬协作过，一般来说，他需要花上一两周的时间在学校里学习各种命令，才能在以后独立生活。

有时，人们在训练期间会发现，某条狗无论如何都无法成为好的辅助犬。这可能是因为狗狗的精力不够集中，无法对干扰视而不见，也可能因为其精力过于旺盛，不适合工作。训练过程中，还可能发现一些狗狗原先并不明显、无法预见的病情，如髋关节发育不良、白内障或严重的过敏症。这样的狗狗有些可以成为很好的家庭宠物，有些会被小狗饲养员收养，其他的则会让其换个训练项目，去做别的工作。那些精力旺盛的狗狗通常去了警察局，要么从事纵火调查工作，要么被搜救志愿者收养，它们的勃勃生机也有了用武之地。有时，这类“更换职业”的狗狗还可能成为入住疗养院或非营利性治疗中心的最佳候选。

有些狗狗会在安置后被送回来，因为新主人与狗狗配合不好，或是不愿意迎接挑战。“我们测试的狗狗，只有十分之一符合项目要求，当然，有时候也可能是新主人不能通过测试，”犬类助手的创始人贝弗莉·安德伍德说，“你必须照顾好狗狗，它们不是机器。”

四爪能力公司大约有10%的狗狗会被退回来。“有些是因为孩子的父母没准备好，不知道养条狗需要做多少额外的工作，”凯伦·夏克说，“他们自己不怎么出门，也不让有特殊需要的孩子出门。再添一条狗的话，只会觉得一切要崩溃了。”

有时还会出现明显的错配。训练师从一开始就会对狗狗的脾性进行评估，然后努力为其找一个精力和脾气都相符的主人。未来的狗主人会给四爪能力公司的夏克送来孩子的视频资料，她可以根据视频判断孩子的残障程度，并挑出匹配的狗来。“如果视频上的孩子看上去很温和，我们就会配一条温和的狗狗。”她说，“但是，孩子可能会突然崩溃，吓到了狗狗，让狗狗开始逃避孩子。”

虽然给孩子和狗狗配对有挑战性，但大多数还是很成功的，这项工作能帮助人们开阔视野，取得原本不可能想象的成果。

合作

人们常常认为，要么是辅助犬在引导自己的主人，要么就是人发指令狗狗听从，其实这都是错的。

人和狗是队友一样的合作关系，开始时，人和狗都要花很长时间来适应彼此。不过，在做每天必须要做的事情时，他们扮演的角色同等重要。

以导盲犬及其搭档为例。一开始狗狗并不知道要去哪儿，牵犬师就得告诉它“向右”“向左”或“直走”。一段时间后，狗狗就知道了搭档的日常安排，牵犬师只需要说“去杂货店”或是“去公园”，狗狗就能引着他准确上路。

同时，因为盲人看不见沿途的障碍物，狗狗可以自己决定是沿特定路线前进还是完全忽略人的命令，尤其是过马路的时候。导盲犬可以选择性地违抗，这一特殊技能充分展示了狗狗与人是如何协作，创建友好团队关系的。

史蒂夫·德利维克患有脑瘫，行动只能靠轮椅，他和自己的黑色拉布拉多犬麦克斯一起住在威斯康星州的格林湾。麦克斯很快就和史蒂夫建立了亲密无间的关系，为他在城里做向导。一天，他们正要趁绿灯穿过街道时，一辆车违反交通规则冲了过来。麦克斯用身体挡住了德利维克的轮椅，阻止他移动到车前方去。要是麦克斯没有选择性地违抗，史蒂夫肯定会严重受伤，甚至一命呜呼。

有时，因为有了服务犬，人的生活会出现意想不到的转变。亚伦·埃利斯是一位伊拉克老兵，患有创伤后应激障碍，是最早接受精神护理犬帮助，让狗狗为自己服务的一名老兵。以前，军队只给生理上有创伤的士兵分配服务犬。对埃利斯来说，生理和心理创伤没有本质上的区别。自从服务犬米娅进入他的生活后，他不仅不用再吃药，也可以做在正常人看来理所当然的事了，包括去杂货店，走路绕开障碍物等。

“我要是没有腿，就得四处爬，”他说，“要是没有米娅，我连家门都出不了。”

除此之外，米娅还能感觉到埃利斯出现了可怕的记忆重现或恐慌，只要它开始感觉到他的焦虑，就会把其他人挡开，甚至会拨打 911 求助。

米娅还能抚慰埃利斯的孤独，有人走过来跟他谈论狗狗时，还能帮助他降低对人的不信任感。而且，现在已经能让他开口谈论战争和自己的生活了，这对他重获情感平衡有着奇迹般的效果。

其实，不断受人关注也需要时间去适应，尤其是那些先前在公众场合总受人忽略，被人排斥的人。

“公共场合的陌生人对拉蒙娜总有好奇心，这对我来说尤其难适应，”玛西·达维斯说，“有了服务犬之后，你就得有准备，正视公众的关注，向他们说明正确对待狗狗的方法。这对我来说是一件非常困难的事。有些服务犬领养人会在狗狗的背部或挽具上设一个标牌。跟陌生人谈论你的服务犬是无论如何都避不开的事，你要有所准备。”

与服务犬生活定然会创造奇迹，虽然不是那么简单，而且需要时间。“第一年，拉蒙娜和我在日常生活中不断协调，了解彼此的习惯及爱憎，”达维斯说，“取得彼此之间的完全信任需要花时间和精力，还需要努力。整个一年，我都会时不时问自己，跟服务犬一起生活的决定到底是对还是错。后来我知道，作出这么一个改变生活的决定后，一般人都会有这样的疑虑。”

霍根和汉利

艾利克斯·埃尔曼的酒业生涯始于 1990 年，她从事的工作包括销售、包装和生产。二十多岁时不幸失明后，她在第一条导盲犬霍根的帮助下继续着自己的工作。2010 年，她开始自立门户，创立了艾利克斯·埃尔曼酒业公司，也有了第二条导盲犬汉利。我们来听听她是如何讲述狗狗对自己的帮助的吧。

只要黄色拉布拉多导盲犬汉利把鼻子从酒杯上移开，我就知道有问题了。

酿酒师对天发誓说他酿的酒绝对是有机的，但我在尝过后有点怀疑。所以，我会把酒弄到汉利面前，马上就有答案了，因为它甚至看都不看那杯酒一眼。

“我知道你用了化学剂。”我跟那家伙说。

他回答说：“哎呀，你看，我们也是迫不得已……”

为了证明我的观点，我把一杯真正的有机酒放到狗狗面前，汉利嗅了一下，再嗅了一下，没有把头扭开。

我从来没有特意训练过汉利和我的第一条导盲犬霍根（其拥有一半拉布拉多犬血统、一半金毛寻回犬血统）去识别酒。这完全是因为它们每天和我朝夕相处，自发选择的结果。不管是在纽约的办公室，在路上尝酒，还是与酿酒师谈话，它们都跟我在一起。

总之，狗狗不喜欢什么东西时，就会把脸转开。这一点跟人很像，它们只是按直觉来，就像人们凭着直觉，总会问我看不见后是否更擅长品酒一样。

我告诉他们，我也不确定，因为我失明那年二十七岁，已经开始了自己的职业生涯，我只知道自己的嗅觉和味觉很灵敏，那是受益于妈妈的厨房。可以肯定的是，看不见后我的注意力更集中了，可以专注于杯子里的东西，不再为其他事物分心。

1995年，第二届有机葡萄酒国际挑战赛在蒙彼利埃举行，我首次接触到有机酒。之前的每次酒展上尝过酒后，我都会觉得不适，但我并不觉得这有什么问题。但是，这次展会的第一天我尝了大概六十种酒，那一晚我不但没有觉得不舒服，反而感觉良好，这可真令人吃惊。

那时我就觉得，不添加化学剂的有机酒很不错。

汉利和我一起到世界各地旅行，养成了和我一样的喜好，这实在太不可思议了。我不喜欢新橡木，所以，几年后，如果碰到酿酒师过度使用新橡木的情况，从酒厂或酒桶间走过时，汉利就会开始打喷嚏，它只在周围有新橡木桶的时候才会这样。

虽然汉利的鼻子很灵敏，但它毕竟只是一条狗，表现欠佳也属正常。我们第一次走进葡萄园时，我放开了狗绳，让它四处撒欢。它特别喜欢追苍蝇。我问酿酒师一些严肃的问题时，它就在一旁拍苍蝇。

还有一次是在西班牙，当时我正与酿酒师谈话，汉利开始追一只猫。之后的事情是，那只猫精神勃勃地反追过来，汉利冲向我们，把酒瓶弄翻了一地。

看不见或许没法作为我事业的敲门砖，但有一点是可以肯定的：人们见了我之后就不会忘记我，而见了汉利之后，就更加不会忘记我了。

兰 登

住在密歇根州阿兰代尔的杰瑞和纳内特·卡夏决定收养十九个月大的金毛寻回犬兰登，帮助他们十岁大、患有自闭症的儿子大卫时，就知道自己的生活会因狗狗而改变，只是没想到这个新的家庭成员能让家人的生活变得如此丰富多彩。

2010 年 1 月，他们从爪子公司领回了兰登——一条专门训练来帮助残障人士的辅助犬，从那以后，奇迹一个接一个发生，全是因为有了兰登。

“兰登来到家中后，大大提高了我们的谈话技巧，”纳内特·卡夏说，“之前，我们跟大卫的对话都很短，全都围绕着他的需求谈。现在，大卫会重复我们说的话，会重复电视节目和商业广告的台词。所以，我们的谈话变得越来越顺畅，也越来越有意思了。”

不光是交流能力提高了，大卫与姐姐莫莉也能更好地相处了。兰登成为家中成员前，大卫和莫莉并没有太多的交流。现在，他们俩经常在一起玩耍，做一些姐弟间常有的事，包括相互取笑，尽管这需要狗狗的帮忙。晚上，兰登还帮助大卫入睡，放在以前，这可是件天大的事，现在，基本上只要睡在旁边的兰登屁股一落地，大卫就能睡着了。杰瑞说这让整个家庭都明朗起来，虽然他半开玩笑地说，希望兰登能让大卫早上别起那么早。因为大卫睡得比以前多了，家人觉得他也可以自己承担一些责任了，包括每天五点让兰登吃东西，帮兰登洗澡刷毛，在后院陪它玩等。

跟其他同龄的孩子一样，大卫喜欢玩电脑和视频游戏，要是可以一天到晚不受约束地玩，他绝不会停下来！兰登到来前，只要妈妈让大卫出去骑骑自行车，锻炼锻炼，绝对会招致对抗。有了狗狗在身边后，情况简直有了天壤之别。“什么事都容易多了，”妈妈说，“我们跟他说，该跟兰登出去玩了，他只是问‘去多久？’因为很多患自闭症的孩子都喜欢按严格的时间限制来做事。我们告诉他，十五分钟就好了，他定好闹钟，就跟兰登去玩了。”

兰登到来后的最大一个好处或许是，别的孩子不避着他了。2011 年夏天，大卫和班里的同学一起参加了基督教青年会的夏令营活动。大部分时间他都自己待在夏令营里，没有让兰登陪同。虽然法律规定成人牵犬师可以陪同有困难的孩子和狗狗，但卡夏一家希望大卫能脱离父母，自己独立生活。兰登只是在营地陪了大卫两天。突然之间，大卫就成了大明星。

“其他孩子乱成一团时，”杰瑞说，“只要知道兰登在周围，他们就会回去做自己的事。这么受关注，大卫的自信心大增。”

即便兰登不在时，大卫的表现也充分证明，狗狗让他的生活发生了改变。他参加了低绳索训练，攀上攀岩墙，甚至还上了独木舟，这在以前都是不敢想象的事，因为他不喜欢把自己置于没有安全感的地方。兰登改变了他，给了他与人接触的信心和勇气。

爪子公司

全名 Paws with a Cause，成立于 1979 年，位于美国密歇根州的韦兰，是一家致力于为残障人士训练辅助犬的非盈利性机构。目前已经为美国 30 多个州的 2500 多名残障人士提供了帮助。

伊弗雷姆

家住美国新泽西州西田的鲍勃·弗利格尔是一个不会因身体残疾就消极悲观的人。他总是积极乐观,而很多远不及他不幸的人,却总是给自己找借口，停滞不前。

鲍勃出生于1978年7月，因为早产引发了严重脑瘫。“8个月大时，他的病就确诊了，从那以后，我们就一直生活在残疾人的世界里。”鲍勃的妈妈——一位退休的社会工作者莎拉·弗利格尔说。鲍勃一生做过无数次手术，现在只能靠轮椅四处移动。

但是，他不让任何东西阻挡自己前进的脚步。年幼时，鲍勃是附近学校接收的第一个有严重身体残疾的学生。后来，他进入纽约的霍夫斯特拉大学就读，并于2003年12月毕业，获得了经济管理学位。

毕业之后，鲍勃和他的父母花了几年的时间周游美国，他们的足迹遍布美国五十个州。旅行途中,鲍勃决定尽可能地独立生活,他意识到，有一条服务犬在身边能帮助他达成目标。自由自在了这么久，他已经准备好向狗狗许下长久承诺了。

他向位于加利福尼亚州圣罗莎的非营利性组织“伴侣犬独立协助中心”(Canine Companions for Independence，简称CCI)发出了需要一条服务犬的申请。在长岛的CCI东北区训练中心接受了为期两周的强化训练后，2006 年 11 月，鲍勃和伊弗雷姆一起毕业了，这是一条金毛寻回犬与黄色拉布拉多犬的混合犬。自回到新泽西的那一天起，伊弗雷姆就表现出对工作的渴望，它想以多种方式帮助鲍勃，不管是身体上、情绪上还是社交方面，它都很愿意提供帮助。

首先是身体上的帮助：伊弗雷姆能衔来电视遥控器、钥匙和眼镜，听到“跳起”的命令时能跳起来打开自动门，还能听从指令做“推”“拉”的动作。总之，鲍勃不再像以前那么依赖人了，很多日常活动都不再需要别人的帮助。

伊弗雷姆还帮忙抚慰鲍勃的情绪。在外上学时，鲍勃患上了焦虑症。每当他开始觉得焦虑时，就会喊伊弗雷姆，狗狗马上就会把头放在他膝盖上安抚他，或是伸展开身体，横在他大腿上，让他抚摸。有了伊弗雷姆这个搭档后，鲍勃的焦虑程度大大降低了。而且，鲍勃内心混乱时，不会像以前那样一直沉迷，因为他必须走出来，伊弗雷姆还需要他照顾呢！

总之，伊弗雷姆在社交方面大大帮助了鲍勃。鲍勃比以前更好相处了。因为有辅助犬证书，伊弗雷姆能陪着鲍勃到各地去。如果没有伊弗雷姆，鲍勃出现在公共场合时，很可能被忽略，更糟的是，他还可能被人歧视。伊弗雷姆站在旁边时，常常有人想跟鲍勃说话，因此，他成了一个有酷狗陪伴的人。

现在，鲍勃和伊弗雷姆做了 CCI 的志愿者，他们一起向公众展示辅助犬，并与大家交谈。他们还一起去学校和营地看望孩子，去老年活动中心、医院和康复中心看望成年人，参加展会，向残疾人展示有服务犬陪伴的生活。他们还努力招募小狗饲养员，帮助那些因辅助犬受益的人。鲍勃知道，有了伊弗雷姆，自己的生活会改变，但他绝对没想到会变得这么好。

第六章

治疗犬

谈到狗狗，谁能不喜欢呢？尤其是在你受伤的情况下，不管是身体的伤害还是情感的伤害。即便没有自己的狗狗，有狗来访也能创造奇迹，它们不仅能让你感觉好多了，还能加快你的康复速度。而且，毫不夸张地说，这比专业医生开的其他药方都更有效，也更有价值。

“狗狗能分散病人对疼痛的注意力，让人觉得治疗过程不那么无聊或单调。”与狮子狗朱厄尔一起在纽约西奈山医院工作的凯伦·勒弗拉克说，“因为狗狗安慰了那些面对动物会作出回应的人。而且，狗狗还能帮助人提高运动、语言和认知能力，某种程度上说，这一切都可以量化并记录下来。”

很多医学研究表明，养只宠物，甚至只是有狗狗定期来访，都有助于降低人的血压和减少呼吸问题，同时还能降低压力激素，增加镇定激素。有一项名叫“宠物、朋友和配偶对心血管反应的影响:有关猫猫狗狗的真相”的研究，研究员凯伦·阿伦和吉姆·斯科维奇发现，病人压力大时，狗狗要比朋友更有助于降低血压和放缓心跳。具有讽刺意味的是，配偶的得分最低，他们出现时，病人的血压和心跳率往往跟平常一样。1980 年的另一项研究表明，同是患心脏病，养狗的人要比不养的人存活率更高。

近代护理事业的创始人和现代护理教育的奠基人弗洛伦斯·南丁格尔也为她的病人推荐动物疗法。“小宠物往往能成为病人，尤其是慢性病患者的绝好伴侣。”她写道。

宠物疗法可以分为以下几种：动物辅助活动（AAA）犬，训练有素的狗狗并非医疗团队的一部分，它们只是来探望病人，其出现对病人非常有益；和专业医疗人员如理疗师或社会工作者一起工作的狗狗属于动物辅助治疗（AAT）犬。总体来说，AAA 宠物只需要通过基本的服从测试，并证实其能与多种人相处，在各种氛围哪怕是压力环境下工作也能觉得舒适即可，而 AAT 狗狗则需要通过更高水平的训练，才能参加特定治疗项目的工作。

有两个组织为治疗犬收养扫清了障碍：国际治疗犬协会和宠物伙伴（以前叫三角洲协会）。这两个组织都筛选和培训志愿者，为医院和医护人员的治疗犬小组盖上许可印章，前提是治疗小组要符合志愿者的标准。截至目前，宠物伙伴已经审批了上万个治疗犬小组。国际治疗犬协会报告称，其认证的狗狗和牵犬师已经超过两万对。

虽然其他动物，如猫咪、雪貂，甚至有些鸟也通过认证成了治疗动物，但宠物治疗界 95% 的成员都是狗狗。“狗狗的驯化程度非常高，更容易融入各种各样的环境中。”动物协助危机应对组织的董事艾米·里德奥特说。动物协助危机应对组织是美国的一个全国性组织，基地在俄勒冈的尤金城，负责美国全国范围内的危机应对人犬小组的培训工作。

目前已有多个国家把动物用到了日常治疗中。最早的宠物治疗记录见于 18 世纪的英格兰，一个叫约克疗养院的机构用宠物来治疗遭受情绪困扰的病人及精神病患者。那里养了很多动物，包括猫猫狗狗，它们总在外边走来走去。病人出来时，院方总鼓励他们与宠物交流，宠物的看护者认为这能减少病人情绪大爆发的情况，有助于整个环境的安静祥和。

到了 19 世纪，因为精神病院的条件多低于规定标准，为了制定对策，英国的政府官员和慈善委员会吸取了约克疗养院的经验，强烈建议在贝特莱姆医院和其他一些机构养些小动物。这些小动物可以跟病人做伴，也能让精神病院更有家的感觉，而不像是监狱。“事实证明，不管是猫猫狗狗、金丝雀、松鼠还是什么别的宠物，都很受病人欢迎。”伦敦新闻画报的一个记者于 1830 年 3 月写道，“有些病人会不断在长长的走廊里走动，向愿意聆听的人吐苦水，要是没人听，他们就向猫猫狗狗倾诉。”

在美国，宠物治疗始于 20 世纪。最早的宠物治疗出现于 1919 年,华盛顿的圣伊丽莎白医院最先用猫猫狗狗来治疗“一战”中的老兵。在后来的“二战”期间，纽约州波灵陆军航空医院的职员鼓励有创伤后应激障碍或生理创伤的病人到医院所在地的农场上帮忙，协助喂养和照顾马匹、奶牛及其他牲畜，还有猫猫狗狗，人们相信这样做有助于病人康复。但在战争结束后，这个项目就停止了。

私人使用狗狗治疗的最早记录见于20世纪60年代，纽约的一个儿童精神病专家伯瑞斯·莱文森发现，交谈期间，如果他的狗狗金格斯在场，病人对治疗的反应就更好一些。莱文森创造了一个词，叫“动物辅助治疗”，他还写下了第一本有关这一主题的书:《宠物导向儿童心理疗法及宠物和人的发展》。

不同类型的治疗犬

疗养院和医院

五岁的大白熊犬高斯非常喜欢自己的职业，它有两份工作：一份是在俄亥俄州代顿的好撒玛利亚人医院，另一份在代顿疗养中心的马车旅馆。它的主人桑德拉·汤姆林森说，“高斯很严肃地对待自己的工作，每次去医院前都愿意忍受洗澡的痛苦。所有养长毛犬的人都知道，这可不是一件小事。”

汤姆林森说，“高斯能忍受洗澡这样的事，完全是因为它太爱自己的工作了。有一次去医院拜访时，它特别照顾一位女病人。这位女士没人探望，我们过去是为了看看她，高斯深知这一点，”汤姆林森说，“这位女士有好几个孩子，但他们因为工作和家庭的缘故不能陪在她身边。高斯能从声音中感觉到那种孤独，它很清楚，她需要个伴。”

有些疗养院里也有内部的治疗犬。俄亥俄州圣查尔斯的马里奥特布莱顿花园住着一条名叫罗根的金毛寻回犬，还有只黑色猫咪叫萨迪，它和罗根是好朋友。它们俩是当地的永久居民和职员，一周七天，一天 24 小时随叫随到。“罗根非常特别，”疗养院的特护经理简·怀特说，“它在老年痴呆症特护团队大约有两年了，可以说是所有人的宠物。人人都是它的主人。谁要是沮丧了，它就会把头枕到这个人的大腿上。谁要是睡着了，它从来不会去舔，以免把睡着的人弄醒。”

除了基本的与人做伴外，罗根还有更重要的职责。“它通知我们某人是何时回来的，谁没有按时回来，或是不应该回来。”怀特说，“它守护大家的安全，是我们的眼睛和耳朵。要是谁在自己屋里出了问题，它会报告给我们。谁要是走下了大厅，它会把我们带过去。它真的很特别。”

虽然很多疗养院和高级住宅中心要求狗狗通过宠物伙伴或国际治疗犬协会的认证才能来拜访，但并非所有来拜访的狗狗都属于此类。在伊利诺斯州巴达维亚的麦克尔森健康中心，有只常住的兔子——瑟珀经常访问病人，另外还有几条狗狗也经常出现，给病人做伴。“有个职员每月都带自己的狗狗过来一次。”中心的活动总监助理米歇尔·米克罗西克说。她还补充道，有时，探望病人的亲属也会把自家表现良好的狗狗带过来。这种探访有助于善意在这个地方的传播，即便病人只是看到狗狗在室外闲逛。

“这种社交活动很有好处，”她说，“动物会让病人想起自己的宠物，脸上流露出爱的笑意，这就是最大的益处。”

狗主人和职员经常说，狗狗不光知道谁最需要人陪，还知道自己应该怎么做，它们实在是太非凡了。“要是哪位病人哪天状态不佳，狗狗就会过去，坐在病人的旁边，”明尼苏达州奇萨戈城帕莫里生命点医院的康复治疗主管克里斯蒂·约翰逊这样描述自己的金毛治疗犬玛蒂。“我们曾发现痴呆病患者记住了它的名字。在我们看来，这种事原本是不可能的。痴呆病人记不住我们的名字，但能叫出玛蒂的名字。”

益处还不止这些。“我们发现，测试期间，跟治疗犬待在一起的人比其他人更加平静。”新泽西朗布兰奇市蒙默思医学中心的放射科主任理查德·洛奇门医生说。

对于生命即将走到尽头的病人，治疗犬也能起到重要作用。“如果病人已经病入膏肓，没法对室内的访客表示感激了，那么，在临终关怀病房里放一条狗狗，对病人家属的帮助要甚于对病人的好处。”《狗狗和死亡：临终关怀犬的励志故事》一书的作者米希尔·A·里维拉说。

莎拉·罗比是佛罗里达州布罗瓦县某临终关怀中心的一名动物辅助治疗学家，她经常在工作中用到自己的约克夏梗犬太鼓。

“探访的家属要在病房里度过漫漫时日，”她说，她发现只要自己带着太鼓进入病房，气氛马上就会发生变化，“他们会跟狗狗玩，然后说，哎呀，该去吃饭了，或是该去做别的什么事了。对他们来说，跟狗狗再见比守护在所爱之人的床边，然后说离开要容易得多。即便是痛苦的日子，也有笑的时候，甚至可以说是欢乐时光，尽管人之将逝，痛苦可想而知。这真是件奇妙的事。”

物理及职业治疗

治疗犬也可以像动物辅助治疗犬那样，和它们的搭档一起，帮助人更快地康复。印第安纳州明斯特社区医院的大丹犬提图斯是一条通过认证的治疗犬，是主人吉尔·阿姆斯特朗的助手。这位物理治疗师也是医院动物辅助治疗项目的指导师。提图斯从无偏见，它一整天都在帮助其他人，不管对方是什么职业，说的是何种语言，同时也帮助在职的其他物理治疗师。

“对于那些不想积极走动，行动有困难的病人，如果我们跟他说‘走，跟提图斯一起散步去吧’，病人马上就有了动力，因为要跟狗狗一起散步了。”阿姆斯特朗说，“跟提图斯在一起，原本只是重复性任务的散步变得有趣起来，充满了快乐和挑战性，也激发了病人的积极性。”这条大丹犬还帮助医院接收的有语言障碍的孩子。语言治疗师有时很难让某个孩子大声读出来，接受语言评估，提图斯却从来没碰到过孩子抗拒的情况。“孩子们会大声向狗狗朗读，因为他们觉得，就算读错了，狗狗也判断不出来。”阿姆斯特朗说，“而且，对孩子来说，治疗过程中有狗狗在场，整个治疗就变得非常有趣。”

如果是帮助中风后接受治疗，正努力恢复身体机能的病人，提图斯会耐心地等候接受职业疗法的病人把一个球捏紧，然后扔到屋子那头。不管扔得是近是远，它都会很快寻回来，放到病人的大腿上，等着病人再做一次。阿姆斯特朗也会叫上病人一起帮忙梳洗狗狗，因为梳洗提图斯对虚弱无力的手来说也是一种锻炼。有时，病人会帮忙扣上狗狗背心上的扣子，拉上拉链，解开和系上提图斯的狗绳。

有时，只是轻拍一下狗狗的头，对病人，尤其是半身不遂的中风患者来说，就是很大的成功了。反复抚摸狗狗，这样一个简单的动作不仅能帮助病人放松，而且跟物理治疗运动的功效是一样的，但后者就无趣多了。“狗狗让我们的工作简单多了，”加利福尼亚州巴伦西亚亨利·梅奥·纽霍尔纪念医院的物理治疗师罗利·森福特说，“狗狗能让病人积极起来，做更多的事情。它们转移了病人对疼痛的注意力，改变了病人的态度。”

毫无疑问，狗狗不仅能安慰临终病人的亲属，也能让医院职工和其他医疗人员受益。达琳·弗拉斯凯蒂经常带着她的狗狗姬莎——一条黑色英国可卡犬到梅奥·纽霍尔纪念医院做志愿者。一进医院大门，姬莎就摇起了尾巴，到离开时才会停下。“我们叫它开心果，”弗拉斯凯蒂说，“护士们也经常吵着要跟姬莎玩一会儿。我们发现，医院职工也跟病人一样，很喜欢我们去拜访，对他们来说，狗狗能缓解压力。”

孩子：处境危险、有特殊需要、阅读

治疗犬对孩子的功效是最显而易见，也最打动人心的。毕竟，狗狗和孩子有很多共性：他们的大小、弱点、可让人信任的能力都差不多，至少在很小的时候是这样。

“对一个心碎了的孩子来说，如果有一个生命不对他们进行任何评判，给予他们无条件的爱，与他们互动，这种影响是非常大的。”甘尼森中西部科罗拉多心理健康中心的项目主管阿蒙达·格拉汉姆说，“动物能及时反馈，不拐弯抹角，不撒谎，大多数孩子也是这样。两者的方式非常一致。”

艾米·皮克特是科罗拉多州谢里丹中学卫生所的一位心理健康治疗师，与她的搭档——金毛寻回犬巴兹尔一起工作。巴兹尔愿意聆听孩子的心声，永不疲倦，皮克特对这种能力感到非常吃惊。“巴兹尔聆听各种各样的故事，”她说，“跟很多受了精神创伤的孩子相处，和它说话时，孩子们会感觉舒服很多。”

巴兹尔还在无意中教导孩子们做事要有度，不要催逼别人。皮克特举了她让孩子们教巴兹尔戏法的例子。

“我会叫孩子们教巴兹尔坐下，跟它一起工作，教它戏法，当然了，这些事巴兹尔是事先知道的。”她说。孩子们会照做，但是，有时狗狗会跟不上他们的动作和说明。“他们要是试图催逼巴兹尔，它就不按他们的要求来，这跟日常生活是一样的。”此外，巴兹尔还帮助孩子的父母缓解压力。“父母亲进来时，要是觉得有压力，就会先摸摸巴兹尔，这样做会让他们觉得舒服多了，跟我谈起话来也会轻松许多。”

特殊需求

虽然狗狗可以为某个有特殊需求的孩子提供全职服务（见第五章，导盲犬、服务犬和辅助犬），但它们也可以兼职帮助有特殊需求的学生，让他们从中受益。它们毛茸茸的，有耐心，又从不评判别人。斯考特是一条黄色的英国拉布拉多犬，与主人南希·乔·康奈尔——蒙大拿州米苏拉县公立学校所在区的一位语言病理学医师一起工作。它们在米苏拉的杰弗森学校帮助患有自闭症的孩子。

斯考特有个特殊天赋，当有交流障碍的孩子通过语言、手势或符号等方式成功跟它“交流”时，作为回应，它会简短而柔

甘尼森

甘尼森是美国最寒冷的地方之一，就算夏天，当地晚间的温度也会低至2℃。

和地叫一声。例如，一个有语言障碍的孩子准确地说出了一个词或一个句子，斯考特就会在康奈尔的小小提示下作出反应。同样，一个有自闭症的孩子要是说出了一个词，斯考特也会鼓励性地叫一声。如果一个失聪的孩子学会了打手势，斯考特也会鼓励他。

康奈尔亲眼见识了斯考特的积极作用。有个男孩得了自闭症，狗狗在他的班里出现前，他很少说话。“他几乎不说话，但是，斯考特出现的第一天，他第一次说出了‘小狗’一词。”康奈尔说。

要是哪个学生出了错，斯考特不会作出任何反应，依旧沉默着。“这不是一种纠错模式，”康奈尔说，“我们不会告诉他们这样不对。要是他们说了一个词，斯考特没反应，我们就说，‘哦，它不明白你的意思。’这样一来孩子们就会自我纠正。最重要的一点就是，它向孩子们展示了交流的力量。”

朗读

狗狗还能帮助学生更好地朗读。美国国内有上百个类似项目，有朗读困难的学生，大声朝狗狗朗读后，能力就能提高。

动物读友（Animal Reading Friends，简称 ARF）是德克萨斯州圣马科斯城特拉维斯小学的一个特殊班级，它专门针对二三年级的学生，通过向经过特殊训练的朗读教育辅助犬（READ）麦哲伦和摩西大声朗读来提高孩子们的朗读和理解能力。志愿者、牵犬师朱莉和凯文·罗米格每周都会带上麦哲伦和摩西，到利安娜·达斯特赫福特的第一朗读班拜访一次。孩子们会把几本书放到狗狗面前，让狗狗来挑选和决定当天想听什么。麦哲伦和摩西在朱莉或凯文的提示下，按当周的课程挑选书目。接下来孩子们会轮流到每条狗狗面前大声朗读，时间大约是二十分钟。

“我听到孩子们讨论说，‘麦哲伦会喜欢这本，因为这书是有关猫的，’要么，‘这本书是有关治疗的，摩西听到这个词就会兴奋的，’”达斯特赫福特说，“朗读时，所有学生都更有信心了，而且，他们首次开始谈论书了。我们看到学生更有动力，也进步了，尤其是那些因缺席而有朗读问题的学生，去了之后就有进步了。”

朗读时不用坐在桌子跟前，狗狗、牵犬师和学生会走到教室一个安静的角落，在那里，他们可以靠着枕头或是豆袋椅。牵犬师也受过训练，会在孩子朗读时问一些问题，或给点提示，让他们说出更多信息。有时，在朗读过程中，朱莉或凯文会告诉学生，“摩西以前没听过那个词，你能告诉它那是什么意思吗”。两条狗狗都会一些技巧，比如，瞪着书页，就好像在专心听一样，还能用爪子翻书页。

心理治疗

宠物辅助治疗的创始人伯瑞斯·莱文森之所以那么相信治

疗过程中使用动物的益处，其中一个原因就是，他觉得人们如果远离了自然界，就会压力越来越大，越来越孤独。“目前造成人类困境的一个主要原因就是，人们无法与自己的内心达成一致，无法将自己的文化与自然世界的其他成员协调起来。”莱文森写道，“理智的人会离自己越来越远，因为拒绝面对那个非理性的自己，拒绝面对自己动物化身一样的过去。”他相信宠物“是回归情感健康之路的中转站”。

由于狗狗出现在医院和其他医疗场所能有好的治疗效果，越来越多的心理健康专家自然也让自己的狗狗参与了实践。通常来说，狗狗要做的就是坐在病人旁边，很多心理学家、精神病专家和社会工作者都证实，狗狗陪在屋里能有很好的治愈效果。

多数时候，狗狗没有接受过 AAT 训练。纽约精神病专家德鲁·拉姆齐的工作伙伴是他的狮子狗高斯，这条狗狗比他还擅长察言观色，知道病人需要什么，是让它躺在沙发上，依偎在病人身旁，还是安静地坐在地上。

狗狗还能帮助病人说出自己的问题。谈论某个话题或回忆过去时，如果病人觉得不舒服，就会避开屋里的其他人，把故事讲给狗听。治疗期间，高斯提供了非常重要的服务，可惜目前这种服务还很欠缺。“我们不能拥抱病人，但病人可以拥抱高斯。”拉姆齐说。他现在觉得，狗狗是他宝库里最重要的一项工具。“它是我工作的一部分。”

屋里有条狗，也意味着治疗可以进展得比平时快，狗狗起到了重要的推动作用。洛伊斯·艾布拉姆斯是加利福尼亚州洛斯阿拉米托斯市的一位治疗学家，她带着两条骑士查理王猎犬公爵和罗密欧一起工作。有一次，艾布拉姆斯医生不知道病人很沮丧，直到公爵坐到了那个女人身旁。她从以前的治疗经验中发现，如果病人焦虑不安，公爵会待在地上，要是病人很沮丧，就会喜欢更亲密的接触。所以，她从狗狗那里得到了暗示。“我问那个女人为何沮丧时，她一下子就把心事倾诉出来了，”艾布拉姆斯医生说，“我三岁大的狗狗比我知道得要多。”

心理学家和狗狗碰到异常有攻击性或很难控制冲动情绪的病人时，狗狗会充当起晴雨表的角色来。“动物会待在病人旁边，如果病人开始让它们觉得不安，它们就会离开。”宠物伙伴组织营销部的副主管比尔·库瑟说，“医生能据此判断病人行为对狗狗的影响。通过这样的方式，可以更加有效地避免攻击事件。”

意料之外

狗狗能在很多出乎你意料的地方提供有益的治疗。

例如，教堂。在印第安纳州波蒂奇的路德会圣十字教堂，牧师提姆·恩格尔每天都带着他的金毛寻回犬富尔斯特去工作。

“它的工作是在福音事工部帮忙，为人们创造更多的交流机会，”恩格尔说，“狗狗要是让人觉得舒服，给人更加轻松自在的感觉，那它就是在做自己的工作了。”教区居民或其他职员到恩格尔的办公室寻求建议或聊天时，富尔斯特总陪在身旁，恩格尔到附近的医院和疗养院巡视时，它也一直陪着。

不过，富尔斯特最受人关注的时候，是每周日的礼拜仪式上。“并非所有人都像我一样,能看到富尔斯特的价值。”恩格尔说,“不过，大部分人看到它在周日早晨的工作，就能了解到它对我们教堂有多重要。”富尔斯特并不孤单，至少在中西部是这样，因为在路德教会慈善机构的帮助下，大概有三十只金毛寻回犬组成了特别的 K-9 教区安抚犬部，分布在印第安纳州和伊利诺斯州。

人们会很奇怪为何法庭上也会出现狗狗的身影。其实，狗狗能在法庭上提供极其重要的帮助，至少在佛罗里达州是这样。很多牵犬师和通过认证的治疗犬自愿参加法庭宠物治疗项目，在法庭工作，它们被称为 ComForT 犬——相伴治疗犬。孩子跟法官讲话，或受害者为一桩暴力罪行作证时，狗狗就坐在一旁陪着。

“我们的职责是，受害人等候法庭外的宣誓作证或是上法庭作证时，花时间陪着他们，因为他们将要面见那个施害者。”与腊肠犬派珀·劳瑞和甜蜜女孩一起工作的佛罗里达州塔拉哈西市的律师博比·乔·芬纳说。有一次，甜蜜女孩坐在一个十四岁女孩的膝头，当时她正在为一起性侵案作证。“她坐在那里，甜蜜女孩躺在她的双膝上，我则静静地坐在旁边，牵着狗绳。”芬纳说，“那女孩说证词的时候，一直抚摸着狗狗。这条小狗帮她放松下来，让她挺过了那个对她来说十分艰难的时刻。”

到目前为止，还没有控方律师或辩护律师为此发起过投诉。“人们发现，这样能更好地获得证词，对双方来说都是好事。”芬纳说。法官也看到了狗狗的宝贵价值。

“狗狗确实能帮助孩子放松，等候上法庭时，狗狗能给他们带去欢乐，并占据他们的心扉。”佛罗里达州瓦古拉县一位处理家庭事务的法官吉尔·沃克说，“其结果就是，人们进入法庭时，不会是一副做好战斗准备的样子。这让我的工作轻松起来，给了我一个出口，我们可以从狗狗谈起。我会问：‘今天在大厅里的是哪条狗狗？你喜欢那狗吗？’他们会发现我不是旧时电影里的那种法官，不用怕我。”

还有一些狗狗经常到学校去，它们不仅帮小孩子阅读，还能帮助年龄大点的学生。亚利桑那州菲尼克斯城有条名叫艾拉的治疗犬，它不仅经常探望当地医院的病人，它的牵犬师黛安·亚历山大还会带它到当地的法律学校去，帮助那些因期末考试而倍感压力的孩子放松，他们每年都会去上几次。

“学生们很爱它，”亚历山大说，“他们大部分时间都盯着书本或电脑，拥抱一会儿狗狗的话，会让他们觉得很开心。”

你和自己的狗狗能成为治疗犬小组吗？

与狗狗组成治疗小组，只要你们一进门，人们就会高兴起来，这真是一种至高无上的回报。不过，这需要花费时间，第一次探访医院或疗养院之前，你得参加培训，接受磨炼。

看到病人生命垂危，绝对是让人心碎的事情。纽约奥兰治县的芭芭拉·巴比基昂经常和她的喜乐蒂牧羊犬莉莉到新泽西州的哈肯萨克大学医学中心做志愿者。牵犬师必须遵循的一条原则是，不得跟病人、家人或医院职员谈论病人的病情。巴比基昂有时会因这条原则而倍感困扰，尤其是某位亲属所爱的人病了，看到那位亲属陷入感情挣扎中时。“有时候，真的很难忍住泪水，但你得好好忍着，直到离开。”她说。有一次，她探访了一位年仅六岁、身患癌症的小女孩后，开车回家的那九十分钟一直在流泪。巴比基昂和莉莉定期去探望那女孩。“接下来两年半的时间，她的生活与我交织在一起，直到九岁那年，她被病魔击败了。”

如果能控制好情绪，那么，不管什么尺寸、形状和品种的狗狗都能成为治疗犬。成为治疗犬的关键是狗狗的脾气和个性。“跟品种没关系，在于个体。”一位与狗狗和牵犬师一起工作，为宠物伙伴组织评估人犬小组的来自纽约的训练师米歇尔·西格尔说，“狗狗必须喜欢人，喜欢跟人互动，要能适应新环境，因为我们要去探访各种不同的地方。”

当然了，人的个性和脾气也同样重要。“狗和人我们都要评估。”宠物伙伴组织的比尔・库瑟说。

首先，为了与宠物伙伴或别的认证组织（向当地医院和机构认证或推荐治疗犬组）一起工作，狗狗的主人需接受牵犬师课程培训,这可以在网上或当地讲习班学习。如宠物伙伴组织所述，这一课程是为了向主人提供一些基本信息和教育：

- 如何辨别你和自己的宠物能否成为好的治疗小组。
- 为自己和宠物的探访做准备。
- 看你的动物是否有压力并为之减压。
- 动物健康和安全。
- 特定客户群的特殊要求。
- 如何与不同类型的人互动。
- 设施卫生和安全准则。
- 病人保密。

其次，狗狗必须成功通过兽医检查，有最近的狂犬病疫苗和其他疫苗接种证明，而且没有体内外的寄生虫。

最后，技术娴熟的培训师要对你和狗狗做一次面对面的测试，看看你们分开时如何工作，组成团队时又是如何工作。最先是宠物伙伴的技能测试，“显示动物是否受牵犬师控制，遵循一些基础的命令。你也将接受评估，看你如何与评估员、评估员助理、动物和周围的环境互动”。

紧接着是能力测试，宠物伙伴以此来“模拟你拜访时可能碰到的情况。这次审查有助于确定你和动物最适合的探访环境。你要模拟一次探访，以此来评估你能否与评估师及其助理很好地互动。他们将扮演成医院里的角色。互动可以是问问题的模式，也可以对评估师及其评论作出回应，眼神交流、微笑、点头，让动物配合，或是其他口头及非口头的交流方式”。

纽约人凯特·费雪描述了她和自己的雪纳瑞犬斯奈普斯接受测试的过程。狗狗要求能“拥抱、挨挤、听别人哭，忍受别人喊叫和把东西扔到它身上，能应付拥挤不堪的走廊、喧哗声、轮椅从旁边走过，无意中被人撞到，或是让轮椅给碰了”。

通过测试后，宠物伙伴或其他组织会作进一步的评估，以确定你们更适合访问成人还是孩子，抑或是一些特定的部门。医院或特殊机构等地方对最终的决定有影响，需求最大的地方也会影响最终的判定。通常情况下，狗狗的治疗工作还受其尺寸支配。

巴比基昂带莉莉去探望肯萨克大学医疗中心的病人时，这条喜乐蒂牧羊犬通常只是坐在其他医院志愿者放到病人床边的毯子上。“莉莉会蜷着身子睡，”她说，“我带它去看望病人时，会把它安置到病人的床上，它会调整自己的位置，让身体触碰到病人，然后放松下来，睡着了。有时，人们需要的就只是这个。”

总之，治疗犬的所有工作都是为了让人们感觉舒服些。“我每天都会看到奇迹，”加利福尼亚大学洛杉矶分校（UCLA）医疗中心人与动物关系组织的主管杰克·巴伦说，“我们最为欣慰的就是看到人们醒过来了，开始吃东西了，终于吃药了，或是某个瘫痪的人为了向狗狗挥手，突然有两个手指动了。”

“我爱这些狗狗，”UCLA 青少年精神病房的护士科琳·莫兰说，“它们知道人们什么时候需要爱，这可比什么药都好。”

为塔拉哈西法庭宠物治疗计划工作的志愿者，除了博比·乔·芬纳和她的腊肠犬派珀·劳瑞和甜蜜女孩，还有恰克·米切尔。他的搭档是一条混血金毛寻回犬，名叫瑞琪。虽然他们也在医院和疗养院做志愿者，不过米切尔说，他觉得法院是他们最能发挥影响力的地方。“我看到自己的狗狗与人建立了联系，在短短几分钟内就帮助他们缓解了疼痛或压力，让他们容光焕发。谁不想做圣诞老人，把一袋子的微笑分给别人呢？”他说，“有人告诉你，‘要不是你的狗狗，我的孩子肯定挺不过来。’这就是对我工作的最好回报了。”

亚非

西格蒙德·弗洛伊德是奥地利心理学家、精神病医师、精神分析学派的创始人。作为闻名世界的精神分析学家，他给后人留下了许多逸闻趣事，不过，却很少有人知道他是个狗狗爱好者，而且在分析病人的状况时经常让松狮犬亚非帮忙。

事实上，他认为狗狗在很多方面要比人类出色得多，其中一个方面就是，它们有第六感，因此，在治疗的过程中，它们可以不顾人们大声说出来的是什么，提醒他们注意自己这样说的真正动机。弗洛伊德在工作中依赖亚非，不仅是为了更好地分析病人的状况，也是为了减少病人的精神涣散。治疗中病人可以抚摸狗狗的头，这样更能刺激他们讲出真正困扰自己的事来，而不是停留在表面兜圈子。

虽然治疗过程中亚非一般都躺在弗洛伊德的桌子下方，但它也经常缓缓走近病人，弗洛伊德会根据狗狗在屋中的位置来估量病人的情感状况。病人越紧张，狗狗就站得越远；若是病人很平静，亚非就会躺到沙发旁边。有人报道说，弗洛伊德还很依赖亚非的生物钟。治疗时间一到，亚非就会抓门，或是打哈欠，伸懒腰，以此宣布时间到了，决不让弗洛伊德超时，哪怕只是一分钟。

弗洛伊德直到七十岁才养了他的第一条狗，那是一条松狮犬，名字叫仑羽。他跟仑羽只待了一年多的时间，那条狗狗就跑掉了，再被找到时已经死亡。没过多久，他就得到了亚非。很多事情都表明，他们之间的深厚情谊让他始料未及。

“我是那么深切地喜爱亚非这样的动物，”他写道，“我拍着它时，不经意地发现自己竟哼着小曲，虽然跑调了，可我还是意识到，我唱的是《唐璜》里的咏叹调：‘友谊的纽带，把我们联系在一起。’”

“狗狗的感情很纯粹，它爱自己的朋友，咬自己的敌人，”他继续写道，“这跟人很不一样，人类没有纯粹的爱，人类的感情中总是爱恨交织在一起。”

亚非出现之前，弗洛伊德已经被确诊患上了癌症，狗狗成了他的镇痛良药和治疗时的安慰剂，即便分开时也是一样。“我非常想念它，就像想抽雪茄一样，”分离时，他这样写道，“它是那么的迷人，女孩子气的性格中又掺杂着令人着迷的狂野、冲动，而且那么聪明，又不像一般的狗狗那么黏人……在那些地狱般的日子里，它对我的同情之意是那么深切，就仿佛什么都懂。”

1937 年 1 月 11 日，亚非不幸去世，这带给弗洛伊德的打击简直是致命的。“种种悲痛显得那么不真实，我想知道何时我才能习惯没有它的日子，”他在给朋友——小说家阿诺德·茨威格的信中写道，“哎，那么亲密的七年，谁能轻易让它成为过去呢？”

阿波罗

劳拉·伯顿·波特菲尔德和她的杏黄色标准贵妇犬阿波罗开始在加利福尼亚大学洛杉矶分校（UCLA）医疗中心的治疗犬小组做志愿者时，还不知道未来会是什么样子。她觉得自己和狗狗应该能为医院里的人多少带来些欢乐，但绝对想不到阿波罗会在一个小女孩的康复过程中起到决定性作用。

做了几个月的志愿者后，一天，他们正在美泰儿童医院时，一个看起来忧心忡忡的男子朝他们径直走了过来。他询问阿波罗是不是一条治疗犬。得到了肯定回答后，男子说自己有个十岁的女儿叫索菲亚，住进了重症监护病房，请求狗狗能否给予他们一些帮助。

劳拉犹豫了，狗狗能不能获许进入医疗设备极其昂贵、小病人的父母情感又极其微妙的病房呢？她问附近的医生可不可行——这期间，那位父亲一脸焦躁地跟着她——内科医生表达了祝福之意后，他们小心翼翼地进了病房。

在满是管子、显示器和各种设备的黑暗房间里，她和阿波罗朝一张床走去。父亲解释说小女孩得了细菌性脑膜炎，昏迷了两周多，医生已经不抱太多希望了。

适应了屋里的黑暗后，劳拉看到小女孩睁着眼睛，但茫然无神，什么都不在意。“她好像比我预期的要糟，我不知道能不能应付这种情况，”她说，“不过，我的狗跟以前一样勇敢坚毅，这倒给了我力量。”

阿波罗走到床边，轻轻地嗅了一下。小女孩的父亲把女儿的手放到狗狗头上，小声重复道：“这里有条狗狗，叫阿波罗。”

突然，屋子里的氛围变了，阿波罗做了一件以前从未做过的事。“阿波罗瞪着孩子那双深不可测、美丽，但一片空白的蓝眼睛，”劳拉回忆说，“那一瞬间，狗狗和小女孩之间显然出现了一种奇妙的连接。”

“太神奇了，”她说，“小女孩的眼睛似乎锁定在了阿波罗身上，狗狗深深地凝视着这双眼睛，我觉得它好像要去亲那孩子——治疗犬可没接受过这样的训练。”

阿波罗大概凝视了那孩子二十分钟，成人都在一边看着。不过，小女孩没有回应，她蓝色的大眼睛依旧什么都没在看。过了一会儿，劳拉和狗狗离开病房去看望别的病人了，但她一直在想，狗狗在昏迷的孩子面前怎么会有这样的反应呢？

离开病房后大约一个小时，劳拉的手机响了。是UCLA动物治疗志愿者团队的主管杰克·巴伦打来的，他说了一个令人震惊的消息。“他说，‘索菲亚醒过来了。孩子说的第一句话是：阿波罗呢？’你多久能赶过来？”他们让劳拉赶快过去。

一个月后，索菲亚回到了家中。劳拉跟她通了电话。“她告诉我说，昏迷期间，阿波罗是她唯一的记忆。她只记得看到一条狗狗

美泰儿童医院

设立于美国洛杉矶市，是美泰儿童基金会的下属机构。致力于为各年龄段的孩子提供身体和心理方面的康复治疗。

站在自己面前，感到非常惊讶。她非常想笑，但又发不出声。然后，她就醒了。”

透斯特

1992年，经历了一场可怕的车祸后，临床社会工作者南希·戈登的生活就变成了一场噩梦。不管是物理治疗还是药物治疗，她颈部和背部的慢性疼痛都始终无法缓解，不过，她还是坚持继续开设自己的私家诊所。后来，无休止的疼痛对她造成了很大困扰，诊断出抑郁症后，纤维肌痛综合征也找上门来了。有那么几年，她觉得自己唯一能做的就是停止工作，接受自己残疾无能的现实。

停止了工作，疼痛又无休无止，到了1999年，她变得越来越沮丧了。不过就在那时，一条狗狗进入了她的生活，不仅帮助她缓解了疼痛困扰，还引导她走向了新的职业生涯。

当时南希去拜访一位朋友，那人养了一条墨西哥无毛犬，这个品种的名字很拗口，叫Xoloitzcuintli，简称Xolo。Xolo是阿兹特克人掌管火、雷电和死亡的神，itzcuintli在阿兹特克语中就是“狗”的意思。那条狗狗爬到她的双膝上，虽然她不是个喜欢狗的人，但还是自然而然地开始抚摸那条狗。

南希最先注意到的是，这条狗狗很温暖。它的身体比其他她见过的狗都要暖。南希一直靠加热垫来缓解疼痛，所以，她下意识地把腕关节放到了狗狗身旁。

不到十五分钟，疼痛竟奇迹般地消失了。

她决定了，自己也要养一条Xolo。她深入了解了一下这个品种的狗狗及饲养师，原来Xolo的体温跟其他狗狗并无不同，正常情况下都是38、39摄氏度，不过，因为它们身上没有毛，体温就可以直接散发出来，为周围提供了热源。

一些医疗专家认为："Xolo犬非常适合用来缓解关节和软组织疼痛，因为它们的体温是直接散发出来的。"纽约长岛的一位兽医米希尔·萨尔玛说。

这次灵光一现后，没过多久，南希就把Xolo犬透斯特带回了家，训练狗狗听从自己的命令，例如，听到"脖子"，狗狗就爬上来，躺到南希的脖子上，或是在她驾车时钻到她的后腰部。她还参加了一个服务犬项目，这样他们即便在公众场合甚至飞机上都不用分开了，透斯特能做的事也更多了，例如开门或捡起地上的东西等。

后来，南希觉得，其他受慢性疼痛之苦的人也可以因Xolo受益，因此她创建了一个非营利性机构——动物安慰组织，向人们宣传Xolo的医疗和生理价值，并把训练有素的Xolo安置给最需要它的人。

她常常说，她的使命就是"让Xolo缓解慢性疼痛"。

第七章
监狱犬

监狱犬训练计划圆满结束时，人们都会看到这样的场景：一群狗狗和人整装待发，站成一条直线，等待走过通道去接受认证，参加毕业典礼。

这里的大部分狗狗是拉布拉多寻回犬与其他品种的混血犬，它们一副神气活现的模样，会不时听到训练师温柔地命令它们的头别动，以免蓝色的流苏毕业帽掉了下来。

女囚们身穿磨损的工装裤和宽松的运动衫，张大了嘴想忍住泪水，却还是抑制不住。她们为自己，也为狗狗自豪，两年的艰苦训练终于有了回报，幸福的泪水中也凝聚着感伤。

因为，和自己的狗狗分享完庆祝毕业的蛋糕和冰淇淋后，他们就再也见不到彼此了：狗狗要去新的家庭，成为盲人的导盲犬，而女囚们仍旧待在四周都是铁丝栅栏的监狱里。

他们拯救了彼此：狗狗在当地的收容所里，可能过几天，甚至几小时就会被执行安乐死；女囚们在监狱里无事可做，无法从痛苦中解脱出来，一想到要在铁窗里待上几年甚至几十年就万分难过。

可以肯定地说，对很多狗狗爱好者来讲，让人类最好的朋友住在监狱里，简直就是对人道主义的亵渎，也让那些标榜人道主义的人抓住了把柄。毕竟，跟铁窗里的罪犯生活在一起，活动范围又极度受限，这对任何人来说都不是什么好日子。

但是，在监狱里训练收容所里的狗狗，让其将来成为服务犬或快乐的家庭宠物，这种项目其实分布很广，且非常有效。监狱职员和助理犬专家都对其效果赞叹不已，这种纪律严明的训练项目对囚犯和狗狗都非常有益。

“囚犯会为成功完成这样一个项目而自豪不已，原本大部分人认为它们必然是会失败的。”格洛里亚·吉尔伯特·斯托加说。他于1997年创建了“铁窗犬”组织——一个最早在监狱中开展专业培训导盲犬和服务犬项目的组织。“冲破难以想象的重重困难，囚犯们担起了这一重责，并坚持了下去，有些可能还是他们生命中第一次这么坚持。他们竭尽所能，在整整两年的时间里帮助一条小狗成功长成举止良好的工作犬。总之，他们了解到了再度去爱、去信任是什么样的感觉，用囚犯的话来说，他们‘再度做回了人’。”

对于新泽西州威廉帕特森大学社会学副教授及刑事司法项目的指导师，曾写下《监狱动物计划:综合评估》一书的珍妮弗·福斯特来说，这一点都不奇怪。她研究这类项目有十多年了，相信这种项目还会不断扩大，毕竟，美国国内的导盲犬和服务犬项目负责人都说，他们满足不了人们对训练有素的狗狗的需求。

“不光是美国，全球的监狱犬项目都在扩大。”福斯特说，“尤其是‘9·11事件’以后，人们对工作犬的需求急剧上升。供应一直都跟不上需求，现在又有从中东战场上回来的老兵，他们中有的要么身体有伤要么心理有创伤，更加需要服务犬的帮助了。情况紧急。”

监狱犬项目扩大的部分原因是，囚犯有时间全身心投入到高度专业化的狗狗训练中去。福斯特指出，训练狗狗的囚犯能得到某种补偿，因为这不像其他监狱项目一样，只是象征性地为打发时间而让人劳作。这一工作是人们迫切需要的，能对无数人的生活产生积极影响。参加这一项目的囚犯不仅能在心理和生理上受益，而且还学会了职业技能，有些项目的囚犯还能获得兽医证书，这可以帮助他们出狱后拥有一技之长，更好地融入社会。事实上，很多人刑满释放后选择了继续为收容所或私营监狱工作，不求谋利。

“监狱犬训练项目没有不利之处，”福斯特说，“社会、囚犯、狗狗，还有监狱，都从中受益了。这一项目应该在美国的所有监狱中开展。”

2006 年 12 月，福斯特在《监狱期刊》上发布了一项国家调查，调查显示，全美国至少有 36 个州、159 个监狱在以不同的方式开展监狱动物计划。目前有报道称，开展该项目的已经接近 50 个州、200 所监狱。

格洛里亚·斯托加创建“铁窗犬”组织是因为盲人、聋哑人和其他伤残人士对导盲犬和服务犬的需求远超现有的供应量。她最初对此产生兴趣则是因为读了退休老兵托马斯·莱恩的故事。这位老兵于1990年在佛罗里达州的盖恩斯维尔发起了第一个监狱犬项目。莱恩这样做是受到了波林·奎恩修女的启发。这位多明尼加共和国的修女于1981年在华盛顿创建了监狱宠物伙伴组织，专门教监狱中的囚犯训练那些被人抛弃在收容所的狗狗，帮助需要导盲犬或服务犬的人。

不过，并非监狱项目的所有狗狗都被专门训练成导盲犬，也不是所有的狗狗都来自收容所。“铁窗犬”组织也跟当地的服务犬供应组织合作，接受其为监狱项目提供的狗狗，其他组织则专注于让那些无人收养的狗狗适应社会生活。

例如，在佛罗里达州佩里附近的泰勒劳教所，囚犯们要参加一个历时八周，名叫UTOPIA（意为“监狱训练和服从，提高收养可能性”）的项目，训练塔拉哈西动物服务中心提供的狗狗。三年之后，162条难以找到领养家庭的狗狗顺利毕业了，并且全部成功被收养。

“UTOPIA从一开始就注定会成功，因为各方都能从中受益。”劳教部门的秘书沃尔特·麦克尼尔说，“狗狗有人收养了，囚犯也学到了技术，领养人得到了一个训练有素的伙伴，要不是这个项目，狗狗的命运可能会完全不同。”

监狱长杜安·斯皮尔斯同意这种说法。“监狱员工和囚犯都很喜爱这个项目，”他说，“囚犯成了分配给自己的狗狗的主人，为它们的成就而自豪。”他补充说，36 个参加 UTOPIA 的囚犯中，有 34 个在过去 6 个月中没有违纪记录。他们变得更有责任感了。

有些项目会让囚犯把狗狗训练成炸弹和炸药侦察犬，还有个团体——军队会利用北卡罗莱纳州的勒琼监狱和加利福尼亚州的米拉玛统一监狱的刑事犯把狗狗训练成导盲犬和服务犬，为伤残士兵计划提供帮助，帮助那些在执勤时受伤的士兵。勒琼监狱的项目与卡罗莱纳服务犬组织合作，米拉玛统一监狱的项目与伴侣犬独立协助中心合作。

如何运作

大部分监狱犬计划都遵循一定的模式：狗狗一周七天，一天二十四小时与指定的囚犯生活在一起。不过，有时他们会在各自的楼房里过夜，这要取决于监狱的戒备程度。全国范围内戒备度最高和最低的监狱里都有这样的项目。

选来参加该项目的囚犯通常都是在监狱里待了几年，且在过去六个月内没出现过纪律问题的人。项目开展过程中，如果某个囚犯变得暴躁起来，或是选择退出，狗狗会立即被带走，分配给另一个囚犯。那些参加这一项目的囚犯往往会成为模范囚犯，这也在情理之中。

大部分监狱中，能参加这种项目的囚犯非常令人羡慕，等候成为训练师的名单总是很长。参加项目的囚犯可以成为连续的训练师——前一条狗狗毕业后立即开始培训新的狗狗，所以，对很多囚犯来说，要在项目花名册上获得一席之地，唯一的途径只能是，等待某个项目的囚犯刑满释放。

一般来说，性侵犯是不可以参加这一项目的，但杀人犯可以。查瑞提·佩恩是印第安纳州波利斯城印第安纳女子监狱的一名囚犯。在一起三重谋杀案中，她是共犯，虽然同案犯在实施犯罪行为的时候，她并不在场。她最早也要到2078年才能刑满释放。审判时，她对自己在谋杀案中的角色供认不讳，包括告诉同案犯到哪儿下手——起初他们只是想打劫。他们中的一个同案犯被判了死刑。

佩恩的诚实为她参加这一项目打开了方便之门。帮助监狱职员确定哪个囚犯可以参加狗狗训练的萨利·J·艾文，印第安纳州犬类协助及青少年网络组织的执行总监说："我不在乎你做过什么，只看你在其中承担了多少责任，佩恩是个令人刮目相看的孩子。她做了错误的抉择，但能为自己的错误负全部责任。"

佩恩和其他所有参加监狱犬项目的囚犯一样，基本上整天整夜都跟狗狗待在一起，做其他工作或在餐厅吃饭时除外。不过，并非所有参与监狱犬项目的囚犯都有工作，或是在餐厅吃饭，有些项目允许狗狗饲养员在自己的房间里和狗狗一起吃饭。其余时间，囚犯都和狗狗在一起，锻炼、训练、洗刷、玩耍，或是参加专业训练师的培训。也有些项目，狗狗可以陪同囚犯到任何地方，工作场所和餐厅都可以进去。狗狗上厕所的时间往往取决于囚犯的生活安排，以及它们是否按严格的时间表来——如果需要，守卫可以在狗狗内急，囚犯又不方便时带狗狗出去。

有些项目，包括“铁窗犬”项目，会让两个囚犯共享一条狗狗。他们中的一个做首要的狗狗饲养员，主要负责日常喂养和训练的事务，另一个则做好准备，等第一个囚犯需要休息或有事外出时介入进来。两个饲养员都要参加专业训练师提供的训练课程。

大多数情况下，包括兽医费和训练费在内的所有费用都由负责安置离狱狗狗的非营利性组织承担，这些组织往往通过私人捐赠和募集活动来筹款。接收狗狗的人也要支付一定的费用。很多囚犯会花自己在监狱工作中挣得的钱，给狗狗买玩具、好吃的东西、狗绳和碗。

所有人都受益

如果说监狱或是别的什么地方有三赢项目的话，监狱犬项目无疑是最好的例子了，这是一个各方都能从中受益的项目。

首先是狗狗，从收容所来参加项目的狗狗原本生活在恶劣的环境中，被人辱骂遭人遗弃。温暖这些命运多舛的狗狗，重拾它们的信任，可能需要一段时间，训练狗狗的囚犯也是一样。

劳教专家说，即便在戒备最森严的机构中，监狱犬项目也很兴盛。对大部分收容所的狗狗来说，这种环境健康多了，在收容所里它们得生活在笼子或混凝土窝里。“监狱中的情况可就不同了，更何况它们还能得到24小时的服务和上百人的喜爱！”在俄亥俄州曼斯菲尔德监狱管理监狱犬项目的罗姆·帕尔森说。

参加项目的囚犯因为责任而成长起来。他们基本上都可以成为模范囚犯，因为他们知道，要是自己举止不端，就会被迫退出项目，他们的狗狗就要分给别的囚犯。此外，在这种严厉的环境中，狗狗的出现无疑会让他们的生活发生改变。所有与狗狗接触的人——囚犯、监狱职员、访客都从中受益。

“一个女囚说，从愤怒管理和恢复到受害者影响项目，她基本上参加了所有监狱活动，但直到参加了狗狗项目，学到的这些东西才有了用武之地。”明尼苏达州沙科皮劳教所的过渡指导师桑迪·汉德说，“即便在监狱里，他们也为社会作出了贡献。”

“狗狗对这里的职员和所有女人都产生了积极影响。”印第安纳州女子监狱的一名女囚玛丽·克莱门茨说。她已经为监狱犬项目训练了好几条狗狗。“狗狗给监狱带来了活力。”她说。

囚犯重新获得了尊重，不仅包括狱友的尊重，还有劳教所警官及其他职工的尊重，这是他们原本已经陌生了的东西。“狗狗被安置到监狱后，这地方变得与以往不同了。”陆军中尉格里塔·维克森——纽约皮克斯基尔城费什基尔监狱的狱警说，“看到狗狗在旁边走过，你会不由自主地笑起来，这让我们都成长了。”

帕尔森同意这一说法。“无论你是一个疲惫的狱警还是一个冷酷的囚犯，当看到一条小狗从旁边走过时，想不笑起来都很难。你会不由自主地弯下身来摸摸狗狗的头，”她说，“这对囚犯来说，往往意味着恢复常态的开始：我没法决定自己吃什么，穿什么，到哪里去，我没法走访亲人，但我可以拥有一条狗，而且，我可以拥有它给我的所有爱意。”

曼斯菲尔德监狱的囚犯约翰·W·史密斯完全赞同。“我喜欢狗狗，我喜欢训练狗狗的气氛。跟狗相比，人更难合作。”

同狗狗和囚犯互动，专业训练师也收获良多。埃尔塔·伍德里弗是一位狗狗训练师，在孟菲斯的鲁特瑞尔惩教中心负责狗狗项目。“这里的人对我来说是种挑战，”她说，“他们让我成为了更好的狗狗训练师。”

安置狗狗的人明显注意到了。“所有饲养员都把工作做得很好，不过，监狱犬项目出来的狗狗还有项非一般的技能，”最大的导盲犬组织——“导盲犬用户”的前任董事詹宁·史丹利说，“它们更加稳定，适应能力更强。从小一对一训练真的很值。”

“它们真的训练有素，”2001 年从曼斯菲尔德监狱收养了一条金毛寻回犬的德安妮·奥斯古德说，“而且，跟其他狗狗和人在一起时，它们也非常合群。”

纽约州约克敦海茨“盲人之眼”组织的狗狗饲养和安置主管简·罗桑伯格对此表示赞同。“狗狗在监狱里激发出来的爱、承诺和高水平的举止，跟我们在别处看到的不一样。”她说。

支持这个项目的大有人在。亚拉巴马州奥本大学犬侦察研究所（CDI）为警察和纵火调查项目训练狗狗。他们一般会让候选狗狗跟饲养家庭生活一年，但因为成功率低，计划受阻：从犬侦察所顺利毕业的狗狗只有 25%。但自从研究所开始把狗狗送到佛罗里达州和乔治亚州的监狱里接受基础训练后，毕业率就突飞猛进，成功变身侦察犬的狗狗高达 80%。训练师和 CDI 职员认为，成功率提高得益于狗狗暴露在强光和刺耳的声音中，监狱里人来人往，拥挤不堪，地面也不规则。也就是说，监狱里饲养的狗狗对这些东西已经见怪不怪了，它们可以无视各种干扰，把注意力完全集中到工作上。

跟其他训练狗狗成为服务犬和导盲犬的项目一样，监狱训练的狗狗虽然成功率高，但也有不适应的情况。据估计，完成监狱犬项目的狗狗，只有十五分之一到二十分之一具备成为服务犬或导盲犬的条件，其他项目预计三分之一的狗狗可以做成功的辅助犬。不过，这也没什么，因为那些没有成功的狗狗，从监狱项目毕业后，大部分都很快被社区或项目的志愿者收养了。

放手

为了把狗狗训练成合格的辅助犬，囚犯需要努力工作，不过他们的脑子里一直都清楚，那一天总会到来的，他们付出的努力和深情，终将带来期望的结果：与他们日夜相伴，生活了两年的狗狗，将离开他们，与新主人生活在一起，做他们训练狗狗去做的那些工作。

狗狗“毕业”后，将根据它们接受的训练量和训练程度转移到不同的新主人手里。训练期间，囚犯要坚持每天写日记，记录狗狗的性格怪僻，以及应如何应付狗狗。这实际上就是和狗狗一起生活的剪辑。毕业典礼上，囚犯把狗绳和剪辑交给新主人时，在场的人无不感动落泪。

有些项目会要求狗狗和囚犯短暂分开，由志愿者带着狗狗外出度周末或到公共场合进行短途游，好让狗狗适应监狱外的噪音和混乱，熟悉交通、陌生人和商店。

“这对囚犯来说太难了，因为从很多方面来说，他们在这里很孤独。”华盛顿吉格哈勃监狱宠物伙伴项目的首席训练师苏珊·麦吉说。那可怕的一天最终还是来了，狗狗离开了，大部分囚犯都会回到房间里，一整个下午都自己待着。“大多数人都说：‘我再也不会干这个了，实在没法忍受。’但是，他们总会再要一条狗狗的。都是这样。”

获得另一条狗狗后，囚犯可以提升自己的训练技巧。他们还能向新加入项目的囚犯展示窍门，对可能出现的问题也有了更好的预测。

辛迪·李·加尔文是沙科皮明尼苏达劳教所的一个囚犯，她已经在监狱中训练了七条狗狗。虽然每次狗狗“毕业”都让人难过不已，但她还是总想要条新的狗狗，不光是为自己，还因为新主人反馈说，有了她训练的狗狗，他们生活得更好了。

“我估计，对我们很多人来说，故事都如出一辙。”加尔文说，“你做的事情，自知会难受，会不知如何是好。但同时你也不会真正在乎，因为那就是你。之后，你成长起来，变成熟了，有机会去帮助别人，哪怕只是提供一点点帮助。我们知道，一条狗算不了什么，一个项目也帮不了什么人，但我们可以尽自己的力量。这正是目前我们可以做，并且正在做的事。”

和加尔文同在一个项目的囚犯都为狗狗让他们发生的改变惊叹不已。“在监狱里，能得到这样的机会，真是件神奇的礼物。”希瑟·爱克兰德说，“有人给你这个机会，也是种奇妙的馈赠。”“我

18 岁加入到项目里，从中学到了很多有关责任的东西，”阿曼达·安德森说，“我从来不知道照顾一条狗需要做多少工作，直到自己真正行动起来。哪一天你心情不好，还得好好对待狗狗。这让我在各方面都不断成长、成熟起来。”

伊迪

住进曼斯菲尔德惩教所之前，伊迪过着极其艰苦的生活。谁也不知道这条杂种狗在俄亥俄州曼斯菲尔德的大街上独自流浪了多久，它四处搜寻食物，偶尔有陌生人，会亲切地跟它说上两句话，轻轻拍拍它的头。直到住进监狱里，它才得到了关爱，有了正常的生活。

但在那之前，它曾中过枪。

伊迪流浪时，经常去几个不同的街区，很多居民已经对它的到访习以为常了。只有一个人不习惯，并且明确地表现了出来，用12号口径的散弹枪打中了它。当地的动物爱好者救了它，为它支付了医疗费，然后把它送到了监狱里。他们知道，在那里它可以得到始终如一的关心和照顾，能够恢复健康。

伊迪到来时，囚犯亚伦·格雷参与监狱的狗狗训练项目有六个月了。他被分配来全权负责照顾这条狗狗。格雷特别用心，他特地定了闹钟，每隔两小时给它清理一次伤口，并抹药。

伊迪痊愈后，格雷开始训练这条刚来时已经濒临死亡的狗狗。尽管格雷以前训练过的狗狗被移转给了别人，但他很喜欢伊迪。他跟住在克里弗兰的家人说好了，等狗狗康复、训练结束后，就由家人来照料这条狗。

“它让我跟自己的家人更亲近了，”格雷说，“让我们变得有话可说了。”

同时，他不断磨炼自己，尽可能多地训练几条狗狗，等待刑满释放，与伊迪重聚。“这可不是能遇见朋友的地方，”他说，“这是坐牢的地方。狗狗就是我的朋友。”

第八章
医疗侦测犬

许久以前，说到狗狗和医学界的关系，我们只会说，狗狗跟实验室里的小白鼠差不多，只是用来做各种实验罢了，并且常用的也是那些较小的狗，其他的则不常用。

不过，这种情况已经成为了过去。现在的研究人员、科学家和内科医生把狗狗用到了很多地方，包括检测病人的癌症和心脏疾病，检测试管中的样品，对糖尿病患者血液中含糖量的变化发出警告等。很多不同种类的勇犬都被广泛应用起来，出现这一趋势的原因是，狗狗的鼻子很灵敏，能察觉出很多种气味。

狗狗是如何做到这些的？毕竟，嗅出炸药或毒品微粒大大不同于从组织样品中查出癌细胞，也不同于发现糖尿病患者可能出现胰岛素休克，癫痫病患者即将病发。

可能是这样，就像能在地震发生前预先感觉到颤动一样（其他一些动物也能），用来提醒各种健康状况，能从样本瓶中嗅出恶性肿瘤细胞的狗狗也拥有同样技能：能感觉到不同寻常的微小变化。它们可以通过多种途径闻到气味——呼吸、试管样品、尿液、粪便或皮肤。癌细胞会产生挥发性有机物，散发出不同的气味来，经过特殊训练的狗狗可以闻到这些气味，有时没训练过的狗狗也可以闻到。它们能通过多种途径感觉到暴风雨正在酝酿当中。

“我们才刚刚开始对狗狗能发现的东西有一点了解，”医疗侦测犬组织——一个研究和训练狗狗的慈善组织，以英国为基地的首席执行官和运营总监克莱尔·盖斯特博士说，“似乎所有医学上的病都会有气味上的变化。好就好在，狗狗能知道什么属于正常情况，以及何时发生了变化。”

虽然科学和医疗协会都在积极提供资金，研究狗狗的侦测能力、提前预防医疗紧急事故和在实验室鉴定癌细胞的能力，但事实上，狗狗爱好者和狗主人一直都知道狗狗能做医疗侦探，不需要医学机构来告诉他们这些已经心知肚明的事情。

医疗警示犬

医疗探测犬不光在实验室嗅癌细胞，有些还可以变身为服务犬，全天候跟有慢性疾病的人生活在一起，就即将出现的问题发出警告，如疾病发作或糖尿病休克。

虽然很多服务犬和导盲犬都跟它们的主人关系密切，但有些人认为，医疗警示犬的联系会更紧密一些，因为训练后的狗狗要关注主人每一个细微的变化。例如，糖尿病警示犬如果感觉到主人的血糖升高，它就知道自己必须赶紧行动起来，做一些训练中学到的事情。有些癫痫患者在发病前会出现轻微的睑阵挛，病发警示犬能赶在人之前发现这种征兆。虽然警告的时间一般在病发前十五至四十五分钟内，但有些狗狗能在十二个小时前就发现征兆。

要做一条成功的医疗警示犬——有时叫预报犬——狗狗必须具备服务犬和导盲犬的一些特征，例如性格随和，碰到别的人或狗时能友好相处。对这类狗来说，或许最重要的就是，要能密切关注一个人，这样才能发现其细微的变化，在必要时担起自己的职责来。所以，医疗警示犬要能忽视各种干扰，如食物、其他狗狗、噪音等，这一点至关重要，尤其是在主人病发时。

医疗警示犬带给主人的一个莫大好处就是，它们能在主人压力大的时候给予安慰。很多研究表明，警示犬只要一现身，人就能放松下来，不那么焦虑了。适当训练过的狗狗跟人搭对后，就担起了自己的职责，不但减轻人的焦虑，还让他们有足够的时间来为病发时做准备，挪到安全的地方去，或是呼救。

糖尿病警示犬

糖尿病患者的数量在不断增多。不管是血糖升高还是降低，狗狗都能察觉出来，从而拯救人的生命。

保罗·杰克逊患Ⅱ型糖尿病有两年了，病情一直控制得很好。不过，有时会在毫无防备的情况下病发，还曾差点因为低血糖晕倒。一天，他的家人发现，当杰克逊的血糖有过低的倾向时，他的柯利牧羊犬汀克会变得极端焦虑不安，这真是太神奇了。

“它会舔我的脸，或是在我坐下时轻声呜咽甚至叫起来，”

杰克逊说，“后来我们发现，它的这一举动，只有在我即将面临血糖过低时才会有，所以，我们一推理，就什么都知道了。”

事实上，杰克逊的经历并没有什么特别的。英国的贝尔法斯特女王大学的研究人员于2009年对依赖胰岛素又拥有狗狗的糖尿病患者进行了研究。结果发现，三分之二的糖尿病患者说，当他们的血糖突然下降时，他们的狗狗会有明显焦虑不安的行为。而且，有几个糖尿病患者说，他们还不确定自己是否将出现血糖过低的情况时，狗狗就开始有不寻常的举动了。

这些狗狗都没有接受过正式训练。英国有个名叫“癌症与生物侦测犬研究中心”的组织，这是一家专门负责把狗狗训练成正式的糖尿病警示犬的组织。与中心里的狗狗协作的训练师金柏莉·考克斯也是一名糖尿病患者。对她来说，把名叫罗瑞的金毛寻回犬训练成糖尿病警示犬，无外乎教它一些诀窍，或是简单地让它坐下或用后腿站立。

“我已经教过它如何识别糖尿病气味，它如果嗅到气味告知我的话就会有奖赏，所以，它知道朝我靠近，确认有无那种气味。”她说。

气味的变化取决于血糖高低：如果血糖升高，气味就有点水果味或是糖味；如果下降，人体就会散发出丙酮的气味。

丹·沃伦在美国维吉尼亚州的奥兰治县开了一个叫“沃伦

寻回犬”的服务犬机构，在那里训练糖尿病警示犬。他就是自己的第一个客户：2004年，他得知自己患有I型糖尿病，并发现经过专业训练的狗狗是让自己保持健康的最好搭档。

“人类可以嗅出气味来，但到那时已经太晚了，”沃伦说，“经过训练的狗狗能在血压计降低或升高前45分钟就嗅出气味来。”他发现，尤其是在夜间，糖尿病警示犬在病发警示上非常有用。

“过去两年半时间，我从来没有一次性睡上两小时。”弗吉尼亚州切萨皮克的卡米·布朗说。她六岁的女儿玛丽患了I型糖尿病，其一半的生活在与疾病抗争。她已经申请自己需要一条糖尿病警示犬，并且已经被列入了候选名单。“我定了闹钟，时时醒来，给玛丽注射胰岛素，然后再接着睡。”

经过训练的糖尿病警示犬不仅能对特殊气味作出反应，主人出现血糖过低、失去知觉等症状时，狗狗也会有所行动。发出警报后，狗狗还会舔主人的脸，如果主人还是没反应，它们会把特别准备的医疗箱取来，放到主人面前，然后大声吠叫，把主人唤醒。

如果意识到患有糖尿病的主人即将出现血糖过低的情况，狗狗不光会叫，会呜咽，还会采取别的行动。密歇根州罗克福德有条名叫基科的杰克罗素梗，为了引起主人杰瑞·杜瑟特的注意，采取了非常极端的措施：把主人的一个脚趾给咬了。

这不是一种报复，不是主人待它不好，缺乏关爱，而是狗狗警告主人的一种方式。要是主人再不注意自己的健康，基科就要插手管了，杜瑟特患有Ⅱ型糖尿病却不自知。

大脚趾头感染几个月了，但杜瑟特对此仍熟视无睹，狗狗一过来闻，他就立即将狗狗赶走。他和妻子罗希去朋友家时，发现了不对劲，因为朋友家的几条狗也会径直朝他的脚趾头靠过来。不过，他只是耸耸肩就过去了，即便他的脚已经肿得穿不进鞋子，只能穿凉鞋了，他仍没放在心上。

一天晚上，杜瑟特在派对上玩得有点过头了，回家就躺倒在了床上。他喝了比往常多的玛格丽特鸡尾酒，醒来时大吃了一惊，发现基科正在咬他的脚趾头。去医院的路上，他一直在咒骂狗狗，但是，当他发现自己的血糖高达560时——血糖的正常值在80至120范围内——他有了别的想法，意识到是基科救了他的命。

“要不是那条狗，我肯定玩完了。”他说。从那以后，杜瑟特发誓要好好注意自己的健康，包括戒掉酒，他的脚也没再感染过。“我觉得基科不会再那样干了，”他说，“不过，我现在睡觉要穿着鞋睡。”

过敏源警示犬

很多人都会有过敏症状。不过对大部分人来说，过敏的最糟情况就是鼻子不通气，眼睛水肿。也有些不幸的人，一旦暴露在过敏源甚至哪怕只是过敏源残留物中，都会很快致命。

葡萄牙水犬洛克欧进入科莱利·莫斯的生活前，这位罗拉多州莫纽门特的八岁女孩很害怕出门。并非她有旷野恐惧症，而是她对花生严重过敏，那东西很可能一不小心就让她毙命。有一次她到运动场上，一点花生壳碎末掉进了她的凉鞋，结果很严重，她不得不进了急诊室。有了洛克欧在身边，这个小女孩就能与自己的同学和朋友亲近了，因为狗狗随时会对肉眼看不到的花生残渣发出警告。"我的生活出现了很大变化，简直令人难以置信。"一提到狗狗，她就会这样说，并且说狗狗是她的守护天使。

她现在可以每周去当地的小学上几节课了，不过，为了降低与花生接触的风险，她也会在家上几节网络课程。虽然学校负责人命令食堂不许给学生用花生油，但总有同学会从家里带花生油的三明治过来，所以，对科莱利说，最好还是尽量不要去学校。

比尔·维斯泰恩是佛罗里达州犬业协会的一名训练师，洛克欧是他教出来的第一条花生探测犬。他以前曾训练狗狗对各种各样的东西发出警报，从臭虫到炸弹和毒品，都有。"对这个孩子来说，这是一条炸弹侦测犬，因为花生对她来说就是炸弹。"

他说。科莱利的父亲布雷特·莫斯说洛克欧是“远程雷达”。

德克萨斯州弗洛伦斯城南星牧场动物寄宿处负责花生探测犬培训的莎伦·佩里认为，训练过敏源警示犬跟训练炸弹侦测犬一样的重要。“训练必须严格进行，因为有些人的命就系在狗狗身上，”她说，“狗狗要是有一粒花生没嗅到，这个人可能就会没命了。”

病发警示犬

家住伊利诺斯州格雷斯莱克的坎迪斯·沃尔克真不知道该如何照顾自己十一岁的儿子科林，直到那条名叫多瑙特的金毛病发警示犬进入她的家庭。科林患有小儿肌阵挛癫痫症，这是一种很罕见的小儿癫痫症。沃尔克常常担心儿子会发病，一家人出去购物时，也总害怕孩子会离群走散，而孩子偏偏又有这个习惯。病发时，科林必须尽快接受药物治疗，症状才能有所缓解。

“我都不记得科林做了多少回‘亚当警报’中的一员了，”沃尔克说，“现在，他一出去，多瑙特就跟他拴在一起，所以，他不会再四处乱走了。而且，多瑙特的挽具上有他病发时吃的药。”

主人癫痫症发作或出现别的健康状况时，训练有素的病发警示犬能发出警报或呼救。这种狗狗跟其他医疗侦测犬一样，能感觉到主人血液中化学成分的变化。由于病发时大多数病人会失

亚当警报

亚当警报（Code Adam）是一个由世界上最大的连锁零售企业沃尔玛超市发明的，用来防范拐卖和绑架孩子的报警项目。“亚当警报”系统规定，如果家长在超市等地发现孩子不见时，超市须立即封锁出入口以寻找孩子，并反复播放儿童的容貌和衣着。如果10分钟内找不到儿童，超市即报警寻求警力支持。现在亚当警报已经分布在美国超过89000个公共场合，包括超市、商场、游乐场和所有联邦办公建筑。

去知觉，因此，病发警示犬必须能对即将出现的情况予以警报，然后在主人受伤或伤到别人前采取各种措施。有些病发警示犬会用爪子来抓主人的腿或胳膊，有些会吠叫，另外一些则会轻咬主人的手或脚踝。“多瑙特接受的训练是，通过吠叫提示我们。”沃尔克说，“一般来说是在人面前低声吠叫，有一次，它提前45分钟给了我们提示。科林病发时，多瑙特也会躺在他旁边，我想它能提前嗅到病发的气味。”

对于病发警示犬是如何知道即将出现的状况的，现今还众说纷纭。“目前，说狗狗能提前嗅到病发情况还只是一种理论，”大芝加哥癫痫基金会的前任发言人加瑞特·奥列马说，“我们觉得是这样，狗狗与主人建立了密切联系，能识别主人病发前的各种征兆，知道病发前主人会做什么样的事。所以，狗狗可能会这样说：‘哦，看到那个我就会去做自己该做的事，比如吠叫。’如果狗狗并不认识你，却能预知你要病发，这就很奇怪了。”

病发警示犬还能阻止主人四处走，让他留在安全的地方。这种狗狗的另一项技能是，把主人赶到安全的地方，让其独自待着，避免受到伤害，同时也让其他人保持一定距离。狗狗还能通过特殊的通讯设备拨打911求助：只要它的爪子碰到那个按钮，紧急服务警报就会发出，救助人员马上就会来。

面对那些发作的病人，尤其是孩子，病发警示犬会呈现出服务犬的一些特征。例如，要是有个孩子需要戴着头盔去学校，可能会遭到其他孩子的耻笑甚至欺辱。但是，如果有条狗狗在身旁，不光能对辱骂孩子的人产生威慑，还能帮助孩子建立新的友谊，不再那么孤独。此外，这些孩子带的药物可能有不好的副作用，比如让人失去平衡，或对别人充满了攻击性。这时，训练有素的狗狗会注意到这种行为变化，帮忙矫正孩子的行为，或分散其注意力，达到干涉的效果。

其他治疗犬

经过训练后的狗狗得到了大多数人的认可，它们成为了慢性病患者保持健康的好帮手，这不由得引发了人们的猜测：以后还能训练它们去侦测什么呢？吉姆·图佐的澳洲牧牛犬特卡虽然没有接受过专业训练，但 2007 年图佐在澳大利亚昆士兰的家里心脏病突发时，狗狗很清楚该怎么做。特卡找到图佐时，他已经躺在了地上。狗狗开始大声吠叫，跳到他的胸口，似乎在做狗狗版的心肺复苏术。令人惊讶的是，狗狗的举动和吠叫确实有效，图佐醒了过来，清醒的那段时间足够他对外求助了。“我不知道是不是它让我的心脏复苏了，但是，它真的在用两条前腿捶击我的胸口。医生说了，要不是我醒过来求助，肯定死了，”他说，“我的心脏显然已经停止了跳动。”

图佐是在妻子死后三年把特卡带回家的。“特卡是极好的伴侣，”他说，“它从未远离过我，因为我们相依为命，我依赖它，它也依赖我。”不过，那是图佐第一次有那样的反应。“那种举动出乎人的意料，”图佐说，“它肯定在想，‘我最好把这家伙弄醒，不然就没饭吃了。’”

因为救了图佐的命，英国皇家动物防虐协会在一次典礼上授予特卡代表勇敢的紫色十字勋章。虽然图佐相信，以后发生同样的事，特卡还会有同样的举动，不过，狗狗不会有这个机会了。典礼之后，他植入了心脏除颤器。

英国艾塞克斯郡一条名叫西奥的可卡犬也曾救醒过自己的主人，不过这条狗狗是受过训练的，有时一天要按要求执行好几次任务。西奥的主人凯利·西尔斯患有嗜睡症，会在毫无前兆的情况下入睡，要是在大街上倒下，或是在公交车上失去知觉，就会将自己置于危险境地。现在，只要西尔斯陷入睡眠，西奥就会舔她的脸，让她醒过来。“西奥让我的生活发生了很大变化。带着它，自己出去也觉得安心多了，”她说，“我在哪儿都会睡着，购物时会睡着，在公交车上会睡着，有几次还滚下了楼梯。人们通常会叫救护车，不过，看到西奥的夹克上写着‘训练有素的医疗警示犬’，他们就没那么担忧了。”

癌症检测犬

家住英格兰拉格比城的莫林·伯恩斯知道，只要自己的柯利混血犬麦克斯开始出现沮丧的样子，就有事情要发生了。麦克斯是一条典型的乐天派狗狗，跟伯恩斯在一起的时候一直都很开心，直到2008年春，它开始忧伤起来。不管伯恩斯怎么鼓励它，它都闷闷不乐，很没精神的样子。伯恩斯对此虽然很是担心，但她觉得自己也无能为力,只求过段时间狗狗能摆脱忧郁。有一天，麦克斯做了一件以前从没做过的事：它嗅伯恩斯的嘴嗅了好长时间，然后又轻推她的左胸。然后再不断重复：先闻闻她的嘴，再推她的胸，一直重复。

1998年，伯恩斯曾经历过以为得了乳腺癌的恐慌，幸好发现只是良性肿块，通过手术移除后，她坚持每月做自我体检。麦克斯有了这一奇怪的举动后，她决定赶紧做每月的自检。她做检查时，狗狗就在旁边看着。没错，她发现了一个肿块，不过她觉得是良性的，因为最近的乳房X线照片上没什么异样。可是，她感觉到麦克斯靠了过来，便瞥了一眼那条密切注视着她一举一动的狗狗。我们的目光相遇了，我只记得，它的样子看上去是那么忧郁。”伯恩斯说，“我马上就知道了，事情很不妙。”

她跟医生预约后，证实了自己的猜测。“护士说我得了乳腺癌时，我的第一反应是：‘我知道，我的狗狗告诉我了！’”伯恩斯说，“我以为她会笑出声来，没想到她说，类似的事情她听说过。”

做完手术后，恶性肿瘤被切除了。伯恩斯从医院回到了家，麦克斯热烈欢迎她。“它兴奋的样子，就好像又做了一回小狗，”她说，“它好像知道我已经没事了，不再来嗅我，而且很爱玩，之前的忧郁一扫而光。我太感激它了。”

有些狗被专门训练来检测癌症，不过，这种癌症检测犬跟病发警示犬不同，一般来说，它们不是为单个病人服务的。它们就像超级精准的实验室传感元件。克莱尔·盖斯特医生说，她第一次觉得狗狗天生能鉴定癌症和其他疾病，是因为听一个女人说，她的大麦町犬不停地对她脚上的一颗痣又嗅又舔。

“虽然医生觉得那颗痣无害，但还是把它移除了。”盖斯特说。结果是，那女人患有恶性的黑色素瘤。“我们相信，每一种病都有自己独特的气味，如果可以识别出来，常规筛查就可以加速诊断。”她还注意到，经过特殊训练的狗狗可以在早期就能发现病情，而人类往往不能。很多时候，某个人决定去看医生并最终确诊时，癌症已经到了晚期。

有了这一发现后，盖斯特医生训练了很多癌症检测犬，包括汤格，一条可卡犬，它可以从尿样中找出膀胱癌的迹象。盖斯特也曾为聋哑人训练导航犬，不过，癌症检测太有前景了，医学研究人员急切需要这种狗狗，所以，原先教狗狗开灯开门的她，转而教狗狗找出含威胁生命的癌细胞的样品。

研究表明，这些训练有素的狗狗也带来了一个棘手的问题，它们没法像人一样，把工作和家庭分开。那些兼职工作的狗狗在工作以外的时间就跟别的狗一样,与家人一起在田野上嬉戏追逐,同时也会好奇地嗅别人，其中有些无疑患有未确诊的癌症。

一条名叫科比的黄色拉布拉多犬在加利福尼亚安塞尔莫的松树街基金会（最早训练该种狗狗的一个医疗中心）接受训练，成了一条癌症检测犬。科比的主人玛丽亚·里奥斯带狗狗去探望最近确诊患上卵巢癌的姑妈时，首次感觉到训练是那么有效。

“她患癌症前，科比会围绕在她身边，从来没什么奇怪的举动。”里奥斯说。可他们一到她家,狗狗的反应马上就很激烈。“它真是疯了，朝着姑妈乱叫。我从来没见过它这个样子。即便她关在了门后，科比还是叫个不停。”直到三周后姑妈突然去世，我才搞懂其中缘由。她知道自己得了癌症，但我们没想到她会走得这么快。”去当地狗狗公园玩时，科比也会给人警告，里奥斯说这让她多少有些不适。“有好多次，它朝某个人飞奔过去，然后像对待我姑妈那样吠叫起来。这让人觉得很尴尬，因为相关研究还没有发布，我们不知道是否该说出来，让那些人受惊，而且真不知道结果会怎样。”

“我曾听说有一条狗狗明确识别出一个患癌症的人来，可以说是救了那个人的命。”里奥斯继续说，“虽然有点难，不过，以一种不紧不慢的方式说出来，也的确不失为一种好方法。只需要说：‘我也不想让你担忧，不过，我的狗狗受过训练，专门检测某种癌症，你最好去做下检查。’你还可以让他知道，这也不是百分百的对。”

盖斯特说，在这一研究领域，这些都是激动人心的时刻。“我们现在知道，狗狗能通过气味侦测到人类的疾病，不同的疾病有不同的味道，这对帮助那些生命受疾病威胁的人来说实在太关键了，而且，针对癌症等威胁生命的疾病，人们也有了新的诊断方式。

雷米

最近几年，花生过敏的病例一直在增加，佛罗里达州坦帕市的比利·简塞尔不幸成了其中一员。“只要一跟花生，或是花生残渣接触，我就会在15至20秒之内死掉。”他说。

要是有人吃了一把花生，在裤子上擦了手，然后坐到饭店的座位上，过敏者接触到这样的座位或是坐到了几天前此人坐过的地方，都会引起病发。

毫无疑问，黑色拉布拉多花生探测犬雷米跟简塞尔一家生活在一起后，他们的生活发生了巨大改变。雷米进入他们的家庭之前，比利基本上只能关在家里，只要去公众场合就充满了紧张和焦虑，肾上腺素自动注射针要随时放在触手可及的地方。现在，雷米不仅能就花生污染过的表面发出警示，还能告诫比利和他妈妈，附近谁的衣服或手上可能有花生残余的痕迹。

目前，花生探测犬仍旧很稀少，不过德克萨斯州弗洛伦斯的南星牧场动物寄宿处已经创建了一个特殊项目，专门训练这种狗狗。除了探测功能，任何过敏源探测犬都还需要具备很大的耐心，而且要能忍受常规洗澡和清洁。总之，雷米一发现花生残余的踪迹，比利的妈妈不仅要用消毒液擦饭店的桌子和椅子，还要确认雷米的爪子和脸上是否弄上了花生。

波

家住康涅狄格州北哈芬市的帕米·米尼库奇认为，她七岁的女儿吉安娜半步都离不开圣伯纳德犬波。“这条花生探测犬能帮助我们的女儿过上比较正常的生活，”她说，“我们只求女儿不管去哪儿，都有这条狗狗陪着。我不希望别人为我们改变自己的生活，但希望他们能让我们以必要的方式保护自己的孩子。”

这种危险可能非常隐秘，比附近陌生人牛仔服里的花生碎屑还难找到。一天，帕米和女儿以及狗狗正在一家大型商店里购物，波突然不让吉安娜和她妈妈靠近一条置放纸产品的货廊。帕米查看了货架，连一个花生油罐或饼干都没有，所以，她觉得狗狗误报了。她让吉安娜继续往前，但波挡住了他们的去路。帕米跪了下来，凑近了看，没错，货架底部与地板之间有个捕鼠器，上面涂了花生油做诱饵。

后来，他们再也不会对波的警告有任何怀疑了。

第九章
野生生物探察和保护犬

北极圈的生态系统不光包括北极熊，还有几千种生物。虽然最近对全球变暖的研究主要集中在冬天变短、冰川融化和北极熊能否适应及如何适应等问题上，但科学家知道，冰下十英尺甚至更深的地方，冰冻苔原的裂缝和土墩里还有个隐秘而完整的生态系统。毫无疑问，了解这些地方是一项很严峻的挑战，但找到和研究这些多种多样的生物将有助于找到有价值的线索，便于实施具体的解决方案。

生态犬也叫野生生物保护犬，是一种特殊的勇犬，经过培训后能对各种各样的东西进行定位，从水中污染物质到濒危鸟类和海龟，甚至是常见的"野生生物"。研究人员已经发现，没有什么比狗狗的鼻子更有用，更能帮他们把工作做好了。很多科学家都加强了生态犬在工作中的运用。

北极熊被列入1973 年的《濒危物种法案》名单后，要吸引更多的人来注意其他不太知名的北极物种并为研究筹资就更难了，这主要取决于对各种鸟类、动物及鱼类的首次定位和计算，这些都可能因气温变暖受影响，之后要年复一年地追踪其数量变化。

寻找环斑海豹是美国朱诺市阿拉斯加大学东南分校海洋生物学副教授布伦丹·凯利的工作，他研究北极生物已经有三十年了。他训练了几条黑色拉布拉多犬，其中有一条名叫库珀，能探测到两英里以外的环斑海豹。可以说，这一品种的海豹位居冰山的尖端。“冰下有一个复杂的生态系统，”凯利说，“只有利用拉布拉多犬的鼻子，我们才能走出去，发现看似什么都没有的冰盖上其实有哺乳动物。”

不管是在北极圈找海豹还是沿墨西哥赤道嗅海龟筑巢点，总之，追踪各种野生生物的狗狗数量不断增加，使用范围不断拓宽，甚至用到了一些令人咂舌的地方。

“野生生物探察犬经常被用在机场来帮忙侦察违禁品，包括濒危物种和野生生物产品。近几年来，人们使用狗狗的兴趣大增，开始用狗狗来帮助科学家追踪自然界中的生物学目标，”科罗拉多州大学鱼类、野生生物和生态保护学的博士后莎拉·瑞德说，“跟狗狗一起工作可以大大提高我们侦测稀有物种的能力，帮助我们了解这些物种是如何应对大规模的环境变化，如栖息处丧失和遭破坏的。”

跟别的工作犬一样，并非所有狗狗都适合做这种工作。“能做好这种工作的狗狗必须精力充沛才行，对它们来说，像宠物那样生活太难了，”以蒙大拿州为基地的工作犬保护组织的创始人之一艾梅·赫特说，“这种狗往往只能终老在收容所里，它们不是能放在窝里养的狗，它们需要一份工作。”

就算这样，真正的工作机会也不多。因为，据赫特估计，那些看似能做野生生物探察工作的狗狗，200 至 300 条中才有一条具备开始培训时要求的技能，而这其中又只有不到一半的狗狗能参加全职工作。不过，那些达到标准的狗狗也可以做一些其他非常重要的工作。

粪便

野生生物探察犬最宝贵的一项天赋，往往会让狗主人皱眉：它们非常擅长寻找各种各样的动物粪便。

“提取和分析 DNA 的技术提高后，研究人员意识到了粪便的价值，可以在不侵犯关键物种的前提下对它们的位置和数量进行监测。”赫特说，“有了粪便，你就可以确定物种甚至个体的身份，还能分析其荷尔蒙水平和饮食。这是非常宝贵的数据积累。所以，在探索粪便追踪方案的过程中，自然就想到了狗狗。”

科学家还能通过粪便分析研究对象有无中毒情况或有无毒素存在，以及研究对象的压力、荷尔蒙水平和饮食情况。

“我们想记录狗狗能探测到多远的粪便，确定环境因素，如风向、湿度和温度对粪便的影响，”赫特补充道，“目前我们努力在做的一件事，就是帮忙设计试验，制定标准，用来评估认证项目中的狗狗。”

嗅粪犬还能带给人额外的福利。“对容易掉进陷阱和不容易掉进陷阱的动物，我们都可以研究了，”华盛顿大学生物保护研究中心的生物学家塞缪尔·瓦塞说，“公熊比母熊，尤其是带着幼崽的母熊更愿意冒险。狗狗能找到各种目标动物的粪便。而且，有些物种很容易被人忽略，即便就藏在人们的眼皮子底下。”

不过，有些狗狗不光能嗅陆地上的粪便，经过训练后，它们还能在水中工作，这些狗狗可以在普吉特海湾查找数量不断减少的逆戟鲸或杀人鲸的粪便，这让人觉得简直不可思议。

“动物在不断消失，我们却对其中的原因不甚了解。”美国国家海洋和大气管理局渔业部门的一位野生生物学家布莱德·汉森说。有些理论认为，杀人鲸减少的原因在于太平洋西北部可食用的食物——大马哈鱼越来越少，有些则认为水污染和海洋交通增加带来的水下噪声超荷才是事出缘由。

为了找出原因，华盛顿大学的研究人员前去水中收集杀人鲸的粪便。黑色拉布拉多犬塔克帮了他们的忙，这条狗狗曾经受过两次打击：虽然年纪轻轻，已经被转手过一次；而且，它也未通过警犬测试。

其实，塔克还有另一个弱点，也正是这一不同于其他拉布拉多犬的弱点，让赫斯·史密斯注意到了它：这条狗狗很怕把自己弄湿。

在史密斯看来，这一特点很完美。如果它喜欢水，那就意味着在搜索过程中它会不断跳到水里去。史密斯和同事想要这样一条狗狗，只有探察到逆戟鲸或杀人鲸的粪便时，才会跳到水里。

“我们想要一条不那么想进入水中的狗，”他说，“它到现在还是很不喜欢水。只要它跳向船外，我们就知道，水里有粪便。我们还没见过比它更敏捷的狗，它只知道，这是人们要它做的事。”

还有一条水中探测犬也值得一提。它叫萨博，是一条混血德国牧羊犬，和它的主人、训练师斯科特·雷诺兹住在密歇根州兰辛市。雷诺兹是环境工程公司德照科技的雇员。除去其他事务，萨博还帮忙探测水中的污染物质。当地有一个项目是要确定原污水和污染物进入市政排水管网的准确位置。传统的方法是通过染色试验来追踪水流，即技术人员把染料冲进厕所，然后追踪其到了什么地方。这一过程很耗时间，而且难保成功，还需要做一些化学实验来进一步确认。

萨博的技能让环境专家们刮目相看。结果显示，狗狗的成功率接近 90%，而且，速度要比其他方法快得多。

“以前要把样品送到实验室，两周甚至两个月后才能有结果，然后还要再回去多采集三四份，甚至五份样品，现在你可以缩小范围了，必做的试验也减少了。”密歇根州杰纳西县排水委员会的高级工程师苏·库比克说，“以前要在 200 户人家做实验，现在可能只需在 10 家做染色实验就够了。”雷诺兹说。

追踪入侵物种和动物

有些野生生物对环境的危害要多于益处。

以佛罗里达州大沼泽地的缅甸蟒蛇为例。这种蟒蛇捕食土生土长的野生动物，如鸟类和哺乳类动物，非常具有侵略性。它们还会到郊区的居民家中攻击猫猫狗狗，有时甚至会袭击人。因为比预期的长得要大，许多饲养蟒蛇的主人选择把它们放到了野外，过去几十年间，这一问题在佛罗里达州越来越严重。此外，1992 年，安德鲁飓风毁掉了一座存有很多蟒蛇的仓库，也使该地区的野外蟒蛇增加了不少。亚拉巴马州奥本大学林业和野生生物科学系的研究人员把黑色拉布拉多寻回犬杰克和艾维带到了大沼泽地国家公园，帮忙寻找蟒蛇。

“蟒蛇非常狡猾，”奥本大学的一位研究人员克里斯汀·罗马戈萨说，“在草中以及其他能找到蛇的地方，它们的花色起到了很好的保护作用，人们能找到的蛇非常有限，因为根本看不到它们。但是狗狗可以利用嗅觉找到它们。”

“我们发现，探测犬能对现有管理和控制蟒蛇起到宝贵的辅助作用，”罗马戈萨说，“在特殊环境中，狗狗搜查队比人类搜查员的覆盖范围要广，准确率要高。我们建议把狗狗当成现有搜索和陷阱法的一种补充。”在最近的搜索中，杰克和艾维于六至八英尺的距离内帮忙找到了十八条蟒蛇，包括一条已经怀孕的蛇。

安德鲁飓风
从 1992 年 8 月 16 日开始，一直持续到 8 月 28 日，安德鲁飓风席卷了佛罗里达州、巴哈马群岛和路易斯安那州。安德鲁是登陆美国的第三大飓风，它造成了 27 人死亡，近 8 万人背井离乡。

罗马戈萨及其同事大多在冬天搜索大沼泽地，以免狗狗太热，而且，天气不太潮湿的时节，狗狗能搜索的范围更广。

不移动的野生生物也有破坏性。例如，生长于美国西部的矢车菊是一种繁殖很快的入侵植物，它们从土壤中吸取的水分要比土生土长的植物多。而且，矢车菊外部有刺，动物如果吃下了它们，消化系统就会受损。因此，牛和其他牲畜的经营商特别想把这种杂草从他们的土地上根除。

博兹曼市蒙大拿州立中学的入侵杂草防治指导师基姆·古德温做了一项研究，确定经过训练的狗狗能比人更快地找到那种植物。她这样做是受机场、邮局和货船上的探测犬启发。

“我觉得，也许狗狗在山水中也能做同样的工作，”她说，“要想最有效地防止杂草蔓延，我们得趁早找到它们。”

实验证明，她的理论是可行的。她让三条训练有素的狗狗——一条是混血牧羊犬，叫噩梦，还有两条德国牧羊犬，分别叫查沃和雷欧——跟十二个人进行比赛。双方在一片草地中搜寻这一入侵植物。实验开展了两次，一开始是分布稀疏的杂草，后来是长得稠密的杂草。两次下来，狗狗都成绩超前，找到了81%的杂草，而人的成功率只有59%。同时，狗狗也比人更擅长寻找其他小植物。

为了保持整个生态平衡，狗狗还被用来寻找损害植物的昆虫。美国农业部动植物卫生检验局在马萨诸塞州使用训练有素的狗狗寻找亚洲长角天牛。

从树干衰弱到真菌的引入，这种入侵天牛能造成大范围的破坏。侵扰严重的情况下，还可能导致树木死亡。用探测犬结合其他方法，美国农业部对乌斯特县的150多万棵树木进行了探察，鉴定出受害的树后，再使用各种方法来消灭天牛，包括隔离、杀虫和摧毁树木等。根据农业部的报道，该县受侵害的树木中，90%都已受害三年以上。

在美国的另一端，加利福尼亚州的葡萄酒产区，狗狗则被用来嗅闻粉蚧壳虫。这种虫子能在葡萄园中制造大量问题，如果放任不管，会在整个葡萄酒收获季毁掉整株庄稼甚至摧毁整个葡萄园。它们在植株上横行霸道，影响藤、叶子和果实，还会分泌一种含糖物质，引发霉菌和疾病。这种入侵虫子的大量出现是在20世纪90年代，2000年以后大量繁衍，对该地区的发展产生了严重阻碍，葡萄种植户不得不努力寻求有效的解决方案。

他们知道，要采取严厉的措施才行，因为，等人类能认出一只1/20到1/5英寸的粉蚧壳虫时，已为时过晚了，植物已经受损了。狗狗可以在早期发现侵染情况，帮助人们在受侵害的葡萄树上喷杀虫剂或将其移除，以防附近的葡萄藤被传染。如果影响范围扩大，不光整个葡萄园会受侵害，还将蔓延到附近，这时候唯一的选择就是在整个葡萄园喷洒杀虫剂，而不是拔除所有葡萄藤，但这样就会向地面释放更多化学剂，生态和环境代价太高。

“作为一个葡萄种植户，你不能对这种害虫掉以轻心，”加州合作推广大学，索诺马县的葡萄栽培顾问朗达·史密斯说，“关键是，虫害的侵扰会让果实滞销。”

2006 年，虫害威胁达到巅峰时，纳帕谷道门酒庄的葡萄栽培顾问凯蒂·泰勒和其他几个酿酒商一同筹集了 33000 美元，与辅助犬协会合作，在圣罗莎开展研究，看狗狗能否在早期找到入侵的粉蚧壳虫。结果是肯定的，所以很多酿酒商都选择购买训练有素的狗狗，将它们用到自己的葡萄园中。

在拉瑟福德的鸿宁葡萄园和酿酒厂，狗狗能探察到粉蚧壳虫的相关信息，然后让葡萄园的工作人员来处理受感染的葡萄藤。“狗狗工作很卖力，”业主米歇尔·鸿宁说。虽然他承认，有必要限制狗狗查找粉蚧壳虫的时间和区域，因为超过两小时后，成功率就会下降。“你要是想一下子探察几百亩，它们会很累的。”狗狗的工作实在太有成效了，所以，后来就不需要再用狗狗去探察了，至少在鸿宁酒庄是这样。

寻找濒危物种和植物

野生生物探察犬同样擅长寻找濒危的非入侵性动物和植物。

以寻找肯氏龟为例，这种海龟已经濒临灭绝。

新兰乔是墨西哥一片隔离海滩，距离德克萨斯州的布朗斯维尔市大约两百英里，是世界上唯一发现海龟筑巢和孵化幼龟的地方。到了20世纪80年代，世界上已知的雌海龟仅存250只，研究人员和生态环境保护者担心各种自然或人为的灾害，如飓风和漏油会让原本就少得可怜的海龟大量死亡。

在那期间，美国海龟研究员帮忙在德克萨斯州的南帕岛建立了另一片筑巢海滩，每年把上千个海龟蛋空运到那里，给这一濒临灭绝的物种创造另一繁殖机会。研究人员和志愿者在繁殖季帮忙定位产卵巢，再把找到的海龟蛋移到海龟科学和复苏项目设置在岛上的孵卵器中。这一项目是美国国家公园管理局的一部分。

问题是，不管志愿者找蛋的速度有多快，都不可能把所有产卵巢都找到。肯氏龟的命运仍然岌岌可危，尽管数量已有所增加——2008年，研究人员发现了九十三个巢，而2000年时仅仅发现了五个。他们预计，要把这一品种从濒危中解救出来，大约要有两千个产卵巢才行。

莱德利是德克萨斯州的一条梗犬，它的主人是海龟项目的负责人唐娜·谢弗，他利用梗犬看似不那么光鲜的特点来帮忙保护这一物种。“多年前我就知道，在很多国家，尤其是美国中部，狗狗和丛林狼是野生龟巢的首要猎食者，”谢弗说，“所以，我急

肯氏龟
又称大西洋丽龟，是丽龟属中现在依然存活着的两种海龟之一，另一种是橄榄龟。是一种小型海龟，成年龟也只有60-90厘米长。从大西洋到墨西哥湾都有分布，偏好温暖水域。食物包括一些软体动物、甲壳亚门动物、水母、藻类或者海胆。世界自然保护联盟红色名录将其列为极危（CR）物种。人为捕杀是肯氏龟数量迅速减少的最初原因，而今天其主要威胁则是栖息地丧失、海洋污染以及渔网。

切想看看，莱德利能否找到那些被我们‘错过的’产卵巢。”

莱德利是在参加了最初的加强型训练课程后，于 2008 年被引进来的。现在，在产卵季节，等志愿者们彻底搜索完海滩后，就该莱德利上场了。它不像那些没受过训练的狗狗一样会疯狂袭击乌龟蛋，它会轻手轻脚的，保护好龟蛋。

“我真觉得莱德利非常了解自己的工作有多重要，每每找到一个产卵巢，奖励还没得到，它就已经兴奋至极了。”谢弗说。

人们还试着训练环保犬抓住那些从公共土地和路边偷窃稀有植物及花朵的人，不管偷花的人是个人使用还是出售。本世纪初，北卡罗莱纳州的公共土地倍感压力，美国大烟山国家公园(Great Smoky Mountains National Park)价值约 530 万美元的人参曾被非法偷走。“我们可以把这归因于市场价格提高、稀有植物收藏和药用的需求量大及野生种群带来的不菲财富等。”北卡罗莱纳州农业部的一位植物保护专家吉姆·科宾说。农业部引进了一些狗狗来帮忙抓那些坏家伙。有个新项目种植了几千棵人参，并在植株里注射了橙色染料，这样做有两个目的：一是可以降低产品价值，让其不再受很多客户欢迎，二是有助于识别那些通过不法渠道获得人参的卖家。一条经过训练来探察染色人参的狗狗，能帮忙追踪到那些来历不明的买卖，曾有九起非法人参交易案在狗狗的帮助下破获。

室内：从白蚁到霉菌

狗狗在室内搜寻野生生物也一样高效。有些专家称它们可以用很多方法帮忙消灭家里的虫害——喷药水和设陷阱只是其中两种法器，有的可行有的不可行。为了提高成功率，也为了满足客户需求，很多人会雇一两条狗做职员，因为在搜寻各种不受欢迎的家庭入侵者时，狗狗良好的嗅觉往往能创造奇迹。

狗狗还能帮忙解决虫害再生的问题。总之，昆虫和霉菌出现后，想要除掉它们很容易，但多数时候只是解决了表面问题，没有根除，暗藏的水滴或白蚁穴就是例证。很多房主都发现，虫害会一而再再而三地出现，除非你发现问题的根源，从源头上加以解决。

这就是狗狗帮手优于人类的地方：它们不用辨别。对它们来说，霉菌就是霉菌，白蚁就是白蚁。它们什么都能找到，从显而易见的损伤到藏而不露的根源。

不管搜寻的是什么，它们的方法都一样。由狗狗找到根源，再由人来接管，要么移除侵扰源，要么用化学剂和杀虫剂对付。狗狗通常都是在其他传统方法不见效的情况下才会被找来。

白蚁检查员雷克·韦德就是个从传统方法中跳出来的人，他的职业是狗狗训练师，这也有助于他的转变。他的基地在北卡罗莱纳州的罗利市，与他一起工作的是一条黑色拉布拉多犬和梗

大烟山国家公园

成立于1934年，又名大雾山国家公园，是位于美国东部，跨越田纳西州和北卡罗莱纳州的一座国家公园，占地大约520000英亩。由亚特兰大到大烟山的路程大约为四个小时，从钮芳隘口路（Newfound Gap Road，US 441号公路）进入公园，蓝色似烟的雾几乎天天笼罩在大烟山的高峰上，公园就此得名。1983年被评为世界遗产。

犬混合的狗狗，名字叫西拉斯。

“狗能在我们发现不了的地方找到它们，”他说，“我们只是用眼睛找，狗狗却是用鼻子闻。”

跟很多探测犬一样，这种狗狗探索的速度比人快得多。“我们可以在两分钟内就搜遍一个房间，准确率高达 90%，对用眼睛来看的人类检查员来说，这是根本不可能的事。”佛罗里达州犬类协会负责培训虫害控制专家和协作犬的道格·萨默斯说。

狗狗在过去几年最引人注意的成就莫过于查找床蝨了。因为床蝨感染在全美国范围内流行，只有 1 至 7 毫米那么长，人类很难看得见，因此，经过专业训练的狗狗和牵犬师就可大展身手了，它们能帮助人类找到床蝨，然后永久根除虫害。

据报道，纽约市床蝨感染的案例从 2004 年的 537 例飙升到 2010 年的 13000 例，用狗狗来搜寻床蝨成了人们的一大需求。大卫·拉蒂默在亚拉巴马州经营一家名叫法医和科学调查的狗狗探测公司。他说，他在这方面的业务“出现了戏剧性的增长，除了 9·11 事件引发的炸弹探测犬需求增加外，其他探测犬的需求量都不能与之相比”。

美国国家害虫管理协会也顺应潮流，举办了各种常规会议，为合格的狗狗和牵犬师提供认证。“床蝨探测犬训练有点像彩票中奖，”佛罗里达州高泉市 J&K 犬类协会的培训师约瑟·帕比·帕鲁耶说，“现在每个人都对此很感兴趣。”

很多狗主人对收费很好奇，尤其是一些地方的床蝨探测犬及其牵犬师开出了每小时 300 美元的要价之后。床蝨探测犬跟其他工作犬一样，必须有高档玩具或食物来驱使它们在寻找床蝨的过程中对其他干扰物视而不见。

“你要确保把要找的东西教给它们，如果它们从沙发坐垫下找到一个花生果酱三明治，那它们就得不到奖励。”美国国家害虫管理协会公共事务部副主席密西·亨瑞克森说。

人们闻不到床蝨和白蚁的气味，但霉菌如果四处蔓延，等到人们能闻到，墙上或天花板上出现暗斑时，一切都一目了然了。

然而，对于那些潜藏的，没有发展到人类可识别程度的霉菌，应该怎么办呢？

当然是用狗狗了。霉菌还看不见的时候很容易对付和清除，但查找根源就很令人头疼。不过，对于训练有素的霉菌探测犬来说，这根本不是什么问题，它们能指出墙内未知水滴的确切位置，让人在不损坏墙壁和天花板的情况下处理和清除霉菌。这一工作很多人都需要，哪怕只是为了查出问题。

有时，即便霉菌蔓延很严重了，肉眼仍然看不见，也闻不到气味。最好能尽快发现问题，因为放任发展到一定程度，不仅会威胁到房子，还会损坏你的健康。“未发现的霉菌会不断生长，让你产生多种健康问题。”加利福尼州特雷西市的一位房屋检查员和纵火调查员，与杰克罗素梗艾比合作的拉瑞·海特说，“例如会出现头疼、乏力、流鼻血、久咳、感冒和神经失调等情况。霉菌探测犬可以帮助我们找到霉菌，让我们快速有效地完成这项工作。”

家庭成员出现健康问题，且因为上述原因陷入困境时，狗狗就能派上用场。经营“霉菌冲击波”公司的麦克和梅林达·勒留斯经常叫他们的黑色巨型雪纳瑞犬艾博尼帮忙处理棘手问题。有一次进行家庭检查时，狗狗对一个热风炉表现出很感兴趣的样子。麦克和勒留斯四处查看，结果什么也没有发现。但艾博尼很坚持，勒留斯决定把风炉拆开。打开过滤器后，他就知道狗狗为何发出警报了。过滤器上布满了霉菌。“过滤器上有霉菌，这就意味着霉菌会传播到整个家中。”勒留斯说。

除了探测家中不需要的“野生生物”，狗狗还能嗅出商业建筑如零售店、饭店和医院里的害虫。人们不断聘用训练有素的狗狗，用来探察那些猫类见到时会嚎叫的动物。

“人们看到老鼠粪便，知道有老鼠，但不知道在哪儿设陷阱比较好，”摇尾国际（Wagtail International）的管理总监科林·森格说，“狗狗可以告诉牵犬师老鼠在哪里出没，在哪里最容易抓到它们。”

推斯特

说到能源，绿色的自然是最好的。不过，在欧洲大陆和英国，风力发电厂的不断增加对该地区的一种动物——蝙蝠产生了不利影响。

几十年前风力发电厂在这一大陆上扎根时，环保主义者就开始发现，只要是竖起大涡轮机的地方，蝙蝠的数量就会急剧下降。矮树丛中发现的尸体基本上是完整的，所以，研究人员断定，死亡数量增加并非蝙蝠碰到产生风能的大叶轮造成的。一段时间后，他们发现，蝙蝠之所以不断死亡，是因为涡轮机周围的空气压力迅速变化，蝙蝠的身体承受不了这样急剧的变化。

“这跟减压病很类似，深入水下的潜水员如果浮出水面太快，就会出现这种病况。”摇尾国际的首席训练师路易斯·威尔森说，“蝙蝠没有鸟那么结实的肺，所以，它们不能适应突然变化的气压，肺最终炸掉了。”

人们需要做的第一步是精确统计正在死亡的蝙蝠数量。“死了以后，它们看上去是那么小，就像落在地上的叶子。”威尔森说。

到这时，和威尔森一起工作，名叫推斯特的史宾格犬就该登场了。“狗狗通过嗅觉可以找到这些微小的尸体，而人往往会径直走过去，任由其掩藏在厚草丛或灌木丛里。训练有素的推斯特让

摇尾国际

成立于2003年，总部位于英国，致力于为世界各国的安全组织提供最专业的驯犬师培训和经过严格训练的侦察犬。经过该组织培训的驯犬师和侦察犬活跃在世界各国反恐、缉毒和维护边境安全的第一线。

我意识到，人要看到这些蝙蝠有多难。通常情况下，就算狗狗找到了这些蝙蝠的尸体，牵犬师还是看不到，所以我们要训练狗狗，让其更加近距离地指出来，将鼻子伸到蝙蝠正前方。”

威尔森和推斯特到达蝙蝠大量死亡的现场后，会把收集到的死亡数量输入到一家名叫“Bio3”的葡萄牙公司开发的公式中，然后把实际的数量通知给风力发电厂，这样就能敦促工厂采取有效措施来降低蝙蝠的死亡率。可执行的一个方案是，在白天风速低时降低叶轮的速度。如果风很大，蝙蝠一般是不会飞出去的。

“使用受过正确训练的狗狗侵害性较小，也比使用人要廉价，而且速度更快，能提供更加精确的数据，这对风力发电公司、土木工程公司和环境保护组织来说都非常重要。”威尔森说道。

第十章

平民犬

家住马里兰州卡尔弗特的德比·帕克斯特原本只想来点午后点心。没想到的是她却因此与死神擦肩而过，她的金毛寻回犬托比因为及时救了她的命而获得了美国防止虐待动物协会授予的2007年度勇犬称号。

2007年3月的一天，帕克斯特随手拿了个苹果就去午休了。她是个珠宝设计师，在家工作。同样的事她已经重复了上千次，可这一次却出了差错。一块苹果卡在了她的喉咙处，堵住了气管。她试图用海姆里克急救法取出来，但没有效果，苹果仍旧卡着。

托比就在旁边休息，看到主人有困难，立即采取行动来帮她。“后面我知道的就是，托比后脚立地，前爪拍到我的肩膀上，”帕克斯特说，“把我推倒在地。我的后背着地后，它开始在我的胸口上上下下地跳。”

那个苹果块动了，她深深吸了一口气。随后，托比一直舔她的脸，让她保持清醒，等待救援。

“一般情况下我都会先削了苹果皮再吃，但我从《好管家》(Good Housekeeping)杂志上了解到，苹果皮才是最有营养的，所以就把皮也吃了，这才被呛住。”她说。

“我的胸口留下了爪子形状的淤伤。医生说，要是没有托比，我肯定没命了。”有两件事可以肯定:帕克斯特会对托比感激不尽，而且，只要打算吃没削皮的苹果，她就会看看托比有没有在身旁。

是什么让平民犬成了勇犬?

你已经了解到，很多勇犬都受过特殊训练：学习怎么嗅出纵火案线索，怎么在荒野或坍塌的建筑中搜寻失踪的人。但是，这并不是说，没有受过专业训练的狗狗就不能成为勇犬。相反，平民犬的英雄故事更让人印象深刻，因为这种勇气来源于狗狗的内心深处。

它们都无条件地爱生活中的人，对他们绝对忠诚，而且往往爱屋及乌，对进入圈子里的陌生人也有感情。不管有着什么样的英雄事迹，拯救的是人还是动物，平民勇犬都鼓舞着我们。而且，不管机会多么渺茫，旅途多么艰辛，它们从来不会放弃，因为它们有一种延续了数千年的纯粹本能，那就是无论如何都会与人类并肩作战。

以下这些故事，勾勒出了没有接受过正式训练的平民勇犬的轮廓。

无条件的爱与忠诚

千百年来，狗狗与一代又一代人相伴，做他们忠诚而充满爱意的伴侣。希腊哲人荷马在他的史诗巨作《奥德赛》中就对狗狗这种美德予以了肯定。奥德修斯去参加战争，二十年后回到家中时已没人认得出他，也没人招呼他，只有那条忠实的狗狗阿尔

海姆里克急救法

急性呼吸道异物堵塞在生活中并不少见，由于气道堵塞后患者无法进行呼吸，故可能致人因缺氧而意外死亡。海姆里克急救法（Heimlich Maneuver）也称为海氏手技，是美国医生海姆里克先生发明的。1974年他首先应用该法成功抢救了一名因食物堵塞了呼吸道而发生窒息的患者，从此该法在全世界被广泛应用，拯救了无数患者，其中包括美国前总统里根、纽约前任市长埃德、著名女演员伊丽莎白·泰勒等。因此该法被人们称为“生命的拥抱”。

《好管家》

《好管家》是美国期刊市场享誉百年的著名品牌杂志，曾闯入全美期刊发行量排行前十，刊物的内容以家庭及成熟女人最需要的作为唯一标准。

戈斯认出了他。

谢普是蒙大拿州顿堡的一条狗狗，它首次出现在城里的火车站是在 1936 年。火车站的工人以前没见过它，但是一有火车到站，这条狗就会出来迎接。很快，有一个员工想起来了，他第一次看到这条狗狗的那天，有一副装着当地一个居民的棺材被送上火车，运往了东部。

谢普总出来迎接火车，是希望能看到它的主人回来。

火车站的工人意识到这一点后，开始喂养和照顾谢普。它比以前更加频繁地在附近逗留，每每有火车来，仍旧会跑去看它最好的朋友是否乘车归来，直到六年后自己生命终结。

20 世纪 20 年代，日本有条同样忠诚，令人印象深刻的狗狗。每个工作日结束时，秋田犬八公都会在涩谷站等候从东京大学下班归来的上野英三郎教授。狗狗一岁半时，教授因脑出血死于工作岗位上。后来的九年，八公每天都会在同一时刻到达车站，耐心地等候它的主人，从未间断。乘车上下班的人注意到了这条秋田犬，经常带食物给它。每天天黑时，八公会再回到曾与上野教授共度时光的家里，虽然那座房子早已卖给了另一个家庭。一天，上野在世时的一个学生追随着八公的足迹，与房屋新主人交谈之后，写了一篇有关狗狗在火车站守候的故事。八公的故事在全日本传开，它一下子出了名。

八公仍旧每天去火车站等候上野，直到 1934 年生命终结。不过，那时候它已经非常有名了，它的尸体被人们填充裱好，成了日本东京国家科学博物馆的一份永久藏品。

狗狗的忠诚可以用一段有名的话来总结，这段话已经被正式录入美国的《国会记录》中，虽然其一开始只是 1870 年一桩案子的部分法律论证。密苏里州瓦伦斯堡的一名律师——乔治·格拉汉姆·韦斯特受雇为一个男子服务，那男子起诉邻居杀死了他的狗狗。虽然有些人觉得这起诉讼案很无聊，但韦斯特称，他能“打赢这场官司，否则就向密苏里州的所有狗狗道歉”。下面这段激动人心的独白让韦斯特为客户打赢了官司。这段话在各地的各种新闻报纸上发表，不过，直到 1916 年 10 月 14 日，密苏里州的一位国会议员克莱门特·C·迪金森才把这段“狗狗颂”录入了《国会记录》，因为这段话真正抓住了重点，表达了对忠犬的古老敬意：

全文如下：

陪审团的先生们：在这个世界上，如果某人有一个好友，这个好友可能会反过来针对他，成为他的敌人。他精心培养大的子女，也可能会对他毫不领情。我们最亲最爱的人，托之以幸福和名誉的人，可能会成了信仰的叛徒。一个人拥有的钱财可能会失去，或许就在最急需的那一瞬，眼睁睁看其溜走；声誉也可能瞬间毁掉，只因某一行动欠缺考虑。那些曾在我们成功时俯首称臣的人，可能会在失败来临时最先把恶意的石子砸到我们头上。如果说，在这个自私的世界上，人可以拥有一个丝毫不自私的朋友，永远不会离开他，不会恩将仇报，不会背叛他的朋友，那无疑就是他的狗狗。

陪审团的先生们：不管贫富贵贱，健康还是疾病，狗狗都会和主人站在一起。只要主人在身旁，它就可以躺在冰冷的地上，任由冬日的寒风呼啸，白雪煎迫。即便没有食物给它，它也会亲吻主人的手，舔着他们在与世间凶险争斗时留下的伤痕。它会保护睡觉的贫贱之主，就仿佛那是一位王子。就算所有朋友都离开了，它仍旧留在身旁。财富会消失，名誉会破碎，它的爱却始终如一，如同旅途中挂在天上的太阳。

如果命运迫使主人成了世界的弃儿，无家可归，无人可倚，忠诚的狗狗不求别的，只求能在身边陪着他，危险时保护他，与他的敌人对抗。到最后，死神带走了狗狗怀抱中的主人，尸体埋入了冰冷大地，其他朋友都各赶各的路，可在他的坟旁，总能见到那条高贵的狗狗，头枕在两爪之间，写满忧郁的眼睛依旧睁着，警觉而忠诚地保护着主人，哪怕他已死去。

伤害无法挡住它们的脚步

狗狗有种非凡的能力，即便受了伤，生了病，不断衰弱下去，它们也会奋勇向前。我们都见过三条腿的狗狗、耳聋眼瞎的狗狗继续着它们的日常生活，就好像那样很正常，而我们中的很多人，却会被这样的伤残击垮。

它们之所以能这样，是因为它们习惯了伤残。一段时间的调整后，它们会继续像以前一样生活，因为它们没得选择，而且不觉得自己的行为有什么不同。

举个例子，佛罗里达州杰克逊·维尔有条混血獒，人们在一个便利店找到它时，发现它胸部中了枪。虽然受了伤，但它努力用前腿拖着身体前行。有顾客把它带到当地一个慈善机构治疗，工作人员认定子弹穿过了它的脊椎，这正是导致它瘫痪的原因。

值班的兽医技术员泰米·斯科特觉得它没救了。“它就那样坐着，脸上写满了坚忍，唯一能做的就是动一动前腿。”她说。

斯科特没有听从兽医师的命令，决定用类固醇来医治一下这条狗，看看第二天它感觉如何。“第二天早晨，它就好像在说：‘哦，你回来了，我准备好了。’”斯科特说，“24小时后，它像是完全换了一条狗。”

它需要个名字，子弹这个名字显然不错。后来，他们为它做了一个特别的轮椅，这个轮椅是用当地二手店找来的一辆双轮车改装而成的。但事实证明，它需要轮椅的时间并不长。受伤后两个月，子弹已经不需要轮椅就能走路了，半年之后，这条狗狗就可以在大街上跑了。子弹惊人地康复了，斯科特决定收养它。

“一条狗狗到了这种境地时，往往都放弃了，所以，是强烈希望康复，希望过正常生活的愿望支撑着它，”斯科特说，“这种坚毅并不常见。”

哈珀是一条比特犬，它不仅成功战胜了逆境，还鼓舞了成千上万的人，告诉人们不管面临多少艰难险阻，都要坚持自己的生活。

2011 年夏日的一天，佛罗里达州桑福德市的一个女人无意间碰到一个男子在一家杂货店的停车场售卖比特犬幼崽，50 美元一只。她注意到那人旁边扔着一个垃圾袋，里面有只小狗在翻腾。她询问那条小狗的情况，那个男人一开始并不愿多谈，但她坚持要看，那个男人就把袋子给了她。

她看到袋子里那条小狗肚子着地，四肢张开伸向旁边，而且抬不起头来。这个女人提着袋子去了当地的动物收容所，里面的雇员和兽医认为最好是让狗狗安乐死。

那一天，活跃于当地动物拯救组织，刚刚创建了多丽基金会，旨在拯救比特犬和类似品种的狗狗并为其寻找新家的艾瑞卡·丹尼尔碰巧在收容所里。她询问了那条小狗的情况，一个兽医解释说，狗狗得了“游泳综合征”，也叫漏斗胸，这种病通常来说对小狗很致命。安乐死就安排在第二天。

丹尼尔同意员工的做法，但要求把狗狗带回家过一夜。“我得让它感觉一下什么叫做爱，”她说，“我想让它在家里待一晚，跟我们一起睡，然后第二天早晨就接受安乐死。”

狗狗被带回家后，丹尼尔把它弄得舒舒服服的，按摩它的躯干和腿，轻轻抚摸它，就在那时，狗狗让所有人大吃了一惊。

它努力想抬起头来，而且脑袋成功离地，可以朝四周看了。随后，小狗还试图站起来，虽然没有成功，但立起来了那么一点。

丹尼尔惊呆了。她取消了安乐死的计划，尽管兽医警告她说，游泳综合征还会引发其他健康问题，让狗狗倍感痛苦。丹尼尔说服兽医，让他看看小狗有没有别的症状。谢天谢地，那条狗并没有别的毛病。她需要做的，就是锻炼狗狗的肌肉力量。当地有家专门通过游泳治疗法来治疗狗狗的机构，丹尼尔把它带了过去，经过不断的按摩和水疗，哈珀很快就能走路，甚至能跑了。

“它是个大傻瓜！”丹尼尔说，“典型的小狗，曾吃过一双鞋子。不过它真的令人惊叹。我们都很爱它。我每天醒来都想看到它那张脸。”

狗狗激励着我们

很多狗狗都没有第二次机会。所以那些获得第二次机会的狗狗往往都很感激，它们会继续帮助别人，成就大事——有时只是让人们微笑，但微笑可以传递。

马文，一条滑稽的黑色拉布拉多犬，就是这样一条狗狗。

虽然罗德岛州动物保护协会会长、兽医E·J·菲诺西奥对那些不尽如人意的狗狗很了解，知道它们的外表和脾气不会受残障影响，但他去收容所的狗窝寻觅一条能在他外出时陪伴妻子的狗狗时，并没有把这类狗放在自己的关注范围内。

但是，当他的眼睛落到马文身上时，他马上就意识到，这条狗狗注定要进入他的家中，不管其有着怎样的过去。

“马文两次无家可归，孤零零地被人抛弃，第一次是因为主人没时间陪它，第二次是因为它瘸了，那家人不要它了。”菲诺西奥医生说，“它住在罗德岛动物保护协会的15号煤渣砖樊笼里，已经等了好几个月，希望有第二次机会，但一无所获。我们决定在感恩节给它一个机会，马文作为第15个受邀嘉宾到我们家里吃晚餐，后来就再也没离开过。”

马文没花多少时间就巧妙地融入了菲诺西奥的家庭生活，也融入了整个社交圈。它陪伴菲诺西奥工作，很快便成了动物保护协会实质上的狗狗大使。

这位兽医和狗狗接受训练后，组成了治疗犬小组，不久后便开始到医院拜访。医生说他的视野前所未有地打开了。“马文让我看到了另一种人生轨迹，把我引入了孤独、疾病、残障和贫困的世界，”菲诺西奥说，“它让我知道了，那些看似微不足道的事情，例如看望疗养院的老人，对他们来说有着多么非凡的意义，而让生病的孩子抚摸狗狗的头，能让孩子忘记病痛。对整个世界来说，它只是一条狗，但对很多它拜访过的孤独之人来说，它就是全世界。它让我知道，人们把生活搞复杂了，不知道珍惜自己所拥有的。马文进入我的生活后，我就从来不会忘记自己是多么幸运。”

马文的慷慨精神还不止于此。菲诺西奥创立了一个非营利性慈善组织叫马文基金会，旨在帮助那些有经济困难、面临失去宠物危险的人。基金会给他们提供宠物食品和经济支持，帮忙支付兽医诊疗费。为了给马文基金会筹钱，这条狗狗开始画画并售卖。众所周知，马文的创作是不需要动脑子的：无毒水彩涂料敷到马文的尾巴上，帆布放在下方，它只要开始摇尾巴，就会创作出具有印象派风格的画作来。马文的画作在当地的艺术节上展出，因为是非营利性组织，所以他们可以把画卖了筹钱，它的画作甚至在罗德岛水彩协会展出，这对任何一个画家（不管是两条腿的人还是其他）来说，都是至高无上的荣誉。

不光如此，马文还“写”了《了不起的马文》，一本有关其奇遇的书，以此来为基金会筹钱。根据菲诺西奥的说法，马文基金会已经帮助一千五百多人保住了他们的宠物。2010 年初，马文去世，但基金会仍在帮助国内的人，也激励着世界各地的人。

还有一条叫信仰的狗狗也激励了无数人。2002 年年底的一天，裘德·斯特林费洛的儿子给她带来一条小狗，那条小狗看似不可能成活的样子。因为它生下来就只有三条腿，它的妈妈曾压到它身上，试图杀死它。

俄克拉荷马市的单亲妈妈斯特林费洛育有三个孩子，日子过得很是艰辛，照顾家中已有的那条狗都很成问题，所以，一开始她坚决不要这条狗狗。

但她的儿子坚持要养，斯特林费洛觉得至少应该给那条狗狗一个挣扎的机会，虽然她和兽医都觉得那狗没法活下来，因为它的后腿实在太弱，狗妈妈的行为又致使它呼吸也比较困难。

他们把狗狗取名叫信仰，而这条斗志昂扬的狗狗证明了自己没有辜负这个名字。

“我们把花生油放在勺子末端，举到狗狗鼻子上方。”斯特林费洛说。“它舔了之后就睡着了，跟别的小狗一样。最后，它的后腿强壮起来，可以像松鼠那样立起来了。紧接着，它腹部的肌肉也强健了，可以坐起来了。”

几周后，信仰走到后院，院子里的积雪也阻止不了它的脚步。它试探着跳了几步，然后绕着院子转悠起来，就好像要永远这么走下去。等回到屋内，它从一个屋子跳到另一个屋子，越过一个个家具，跨过一个个障碍。那一刻斯特林费洛就知道，她的狗狗很特别。

“我看着它跟别的狗狗玩，完全不把自己没有四条腿放在心上。别的狗也不介意。”

这条勇敢的小狗很快就广为人知了。信仰仅有的一条前腿开始萎缩，越来越弱，七个月大时，斯特林费洛决定切除它那条腿。迅速康复后，这条狗狗又开始跳来跳去了，最后它甚至学会了走路，它的勇敢和坚持激励了不少人。

他们开始到医院、学校和疗养院探访需要鼓励的人们。一天，他们探访了沃尔特里德陆军医疗中心（Walter Reed Army Medical Center）一名参加过伊拉克战争，因爆炸失去双腿的士兵弗兰基，跟他待在一起。弗兰基非常忧郁，他爱当兵，这是他一生的梦想，可现在，他不但没法继续服役，甚至连路也走不了了。他离群索居，没人可以靠近他。

沃尔特里德陆军医疗中心
位于美国首都华盛顿，以最先发现黄热病传染源的陆军少校沃尔特里德（1851–1902）的名字命名。作为专为美国陆军服务的重要医疗机构，该中心在1909–2011年间，曾为至少150000名现役和退伍军人提供过医疗服务。2005年，出于为美国各武装部队提供良好医疗服务的考虑，美国国防部提出了由位于马里兰州的新“沃尔特里德国家军事医疗中心（Walter Reed National Military Medical Center）”接替沃尔特里德陆军医疗中心工作的提案，并获得通过。2011年8月，沃尔特里德陆军医疗中心正式关闭。

第一次见到信仰时，他正坐在床上。信仰直直地走进房间，就好像没什么不对劲一样。那位士兵看到了这样一条狗，虽然只有两条腿，但一副能征服全世界的模样。

“我知道他很受触动。”斯特林费洛说。

“他说：‘既然狗狗都能做到，那我也能做到。’”他与斯特林费洛联系，询问信仰的情况，在通信的过程中，他自己也在不断进步。很快，他就适应了那双假肢，出院时，他给他们打了电话。

斯特林费洛还记得那番对话。“他说：‘我正往医院外边走，让信仰接电话。’”

还有一次，信仰和斯特林费洛正在纽约市的大街上走，一个坐在轮椅的女人叫他们过去。

“那个女人在哭，她说在电视上见过信仰。”斯特林费洛说。那个女人因为糖尿病而失去了双腿。“她抱住信仰说，希望自己也能有同样的勇气。随后她告诉我们，她本来是要去取枪的。她把存枪凭证交给了一个警官，说她不再需要那把枪了。”

信仰走进病房时，这样的情感反应实属正常。信仰和斯特林费洛经常拜访军事基地，斯特林费洛说这一次次的拜访非常打动人心。

“它看到所有人都很激动，四周叫着，笑着，”斯特林费洛说，“很多人都哭了，很多人指指点点，惊讶不已。那些失去朋友或四肢的人，则可能沉默着。有些人会跟我握手以表谢意，有些人会抚摸它的脑袋。我们被各种无声的、感人肺腑的至深感情深深包围。”

狗狗让我们免受伤害

狗狗有着非常敏锐的直觉和极度的忠诚，因此，如果人类同伴有麻烦，它们总是不假思索地采取行动。

堪萨斯城有个女人，已经习惯了与虐待她的男人一起生活，并尽量不让别人知道这事，她觉得这就是她的命，终有一天，虐待会停止的。但是，有一天，那个男人对她进行的身体攻击让她忍无可忍，大叫起来。

“我的大丹犬听到叫声，就伏卧到了我身上，”那个女人说，“我试着把它赶开，但它替我挡了好几下拳头。”

突然，狗狗扭转局面，攻击了那个男人。男人很生气，转身开始攻击狗，并把狗抛到了前门廊。女人朝狗狗冲过去，但虐待她的那个人威胁说，她胆敢再靠近，就毙了那条狗。她不知道男人会不会真的这样做，惊恐之下赶忙跑往邻居家求救。

警察很快就到了，拘捕并带走了那个男人。女人回到家，发现她心爱的狗狗动弹不得了。在警察的帮助下，他们把狗狗送到了当地的兽医处，经诊断，那条大丹犬断了几根肋骨，还有一边的臀骨也折断了。

她给当地受虐妇女救济所打了电话，收容所说可以收留她，但不允许她带上狗狗。她拒绝了他们的邀请，说自己宁愿和狗狗一起睡在车里，因为狗狗救了她的命。

收容所考虑了这一情况，决定连狗狗和女人一同收留。“因为她的情况很危险，所以我们为她和狗狗破了一次例。”

“很难想象，在那种恐怖的情况下，狗狗需要有多大的勇气才会把自己搭进去。”美国人道协会中西部地区董事安妮·斯特林说，“那条狗狗毫不犹豫地这么做了，再次展示了动物无可辩驳的智慧与同情心。”

从那以后，中心开始制定新的计划，扩展收容所，另建了一个地方来收留宠物及其主人。

还有一条家住亚特兰大的比特犬泰坦，也救了一个女人的命，如果不是它采取措施，那女人很可能死于脑动脉瘤了。

那是 2011 年 7 月的一个早晨，约翰·本顿正要出门工作。一般来说，他出门前都会轻拍一下泰坦的头跟它道别，但是那一天，狗狗不接受往常的道别方式。

“它跑下梯子，不让我出前门。”本顿说。它大声叫着，跑着绕圈子，然后又跑上几级台阶，再跑下来，硬是不让我走。我觉得有什么不对劲。所以，我跟着它上了楼梯，想搞清楚它究竟想干什么。”

本顿发现自己的妻子格洛丽亚躺在地上，头部在流血。他赶紧拨打了 911，匆匆把她送往了医院。随后，医生告诉本顿，他妻子有脑动脉瘤，所以才会晕倒，碰伤了脑壳。

因为送医及时，格洛丽亚幸运地活了下来，泰坦被当地的文缇吉·普旺特邻里协会授予了“年度好邻居”的荣誉称号。

它们从不放弃

其他人放弃时，勇犬能一直坚持下去。狗狗幸运就是个例子。这是一条阿尔萨斯牧羊犬和拉布拉多犬的混血犬，隆冬时节在意大利阿尔卑斯山走丢了十天，但令人震惊地活了下来。树林浓密的地区，冬季徒步旅行很盛行，几个背包客给当地林业部门打电话，说他们听到了一条狗狗的呜咽声，林业部门接到电话后派出了搜索队。几次搜索未果后，工作人员收了队，但随后又有背包客说在附近听到了狗叫。搜索又开始了，断断续续持续十天后，终于找到了那条狗。

“我听到有条狗狗在哀嚎呜咽，需要帮助，但是花了很长时间才发现它，因为它被雪半掩住了。”最终找到狗狗的营救员马西莫·佳诺里说。“环境很可怕，天气非常冷，我沿着呜咽声找去，看到它黑色的毛从雪里伸了出来；它很聪明，在岩石缝中找到了一个稍微可以遮蔽的地方。我给了它一个能量棒，它很快就吃掉了，我启动 GPS，好让其他队友能找到我。”

幸运经过兽医的精心治疗后，完全康复了。而在世界的另一边，伊利诺斯州利伯蒂维尔附近，另外一条坚韧的狗狗帮忙救了一个女人的命。那个女人不慎掉进河里，差点就溺死，或因体温过低而死。

马戈·麦尔德是一个热心的野鸟观察家，1998 年新年那天，她去帮国家奥杜邦协会作一年一度的统计。沿着德斯普兰斯河前行时，她不小心滑出路边，掉进了四至七英尺深的河里，当时气温低得快结冰了。

幸运的是，她掉下去的地方离吉恩·艾希的后院不远，那里有条叫威利的狗，听到她的声音后大叫了起来，一直没停，让艾希不得不前去查看它为什么吠叫。他朝河边走去，步履艰辛地穿过大约 120 码的林子，看到了麦尔德。

“我听到一个女人的声音，仔细一看，只见一个女人在水里，”他说，“水淹到了她的胸部，她紧紧抓着一个树根，正往下沉。”艾希和另一个听到动静的邻居赶紧行动起来。“我们也不知道能撑多久，但不会让她沉下去。”

艾希的妻子塔米随着丈夫到河边后，赶紧跑回家里打了 911。消防员救了麦尔德，不过，艾希觉得应该归功于他的狗狗，救人行动是狗狗发动起来的。

“可以说，是威利拉响了警铃，”艾希说，“要不是它一直叫，我不会走进那片从未踏足过的林子的。”

佐伊

你要是看到这样的新闻标题“吉娃娃对阵响尾蛇”或“幼童对阵响尾蛇”，那么，基本上可以断定，故事的结局很悲惨。不过，这一次，因为佐伊，故事有了不同的结局。佐伊是一条五磅重的吉娃娃，不到一岁，住在科罗拉多州的梅森维尔——距离柯林斯堡不远的一座小城。

一天，丹尼斯和蒙蒂·朗正在家里照看他们一岁大的孙子，他们家里养着四条狗，佐伊是最小的一条。当时佐伊正和家里的幼童——布克·韦斯特在后院玩，祖父母都待在屋里。突然，朗听到狗咆哮起来，他和丹尼斯冲了出去，看到了可怕且显得那么不真实的一幕。

一条响尾蛇盘在草丛里，就要袭击那个孩子。不过，就在蛇发动攻击前，狗狗跳到了孩子和蛇中间，最终蛇咬到了佐伊的头部。朗朝狗狗和孩子跑过去，蛇似乎又要发动攻击了，这一次正对着韦斯特。

朗抓起孩子和佐伊，与丹尼斯一起冲进车里，快速朝附近的兽医洛弗兰德家开去，兽医给佐伊作了紧急处理。

可怜的佐伊简直让人认不出来了，它的头部肿到了平时的两倍大，差一点就死掉。幸好兽医的处理起了作用，佐伊的情况不算太糟，只是在头顶留下了一个小伤疤。几天后，它就痊愈了，朗夫妇和韦斯特都非常高兴。

“佐伊真是条可爱的狗狗，它喜欢孩子，忘了自己只是条小狗，”丹尼斯说，“我们以前也爱它，不过，现在它变成了我们最喜欢的狗狗了。”

希 巴

一条十八个月大，名叫希巴的罗特韦尔犬在一番苦战之后救了自己的九个新生儿。这九个新生的小狗因为不是纯种，主人把它们埋到了两英尺深的地方。

希巴的主人——佛罗里达州劳德代尔堡郊区奥克兰帕克的罗伯特·赫姆里格斯希望能有纯种的小狗卖。所以，希巴生下九个孩子后，他过来看了看，发现是罗特韦尔犬、松狮犬和拉布拉多寻回犬的混血犬，就拿了个铲子，在后院挖了起来，然后把九条小狗活埋在了院子里，距离希巴的狗窝只有几英尺远。希巴被锁在附近的一棵树上，什么都看到了，它吠叫着狂抓地面，后面的十二个小时一直没有停歇。

接到邻居的报警后，包括布劳沃县治安部谢丽·施吕特在内的警官前来查看，发现希巴已经挣脱锁链，正把小狗挖出来。

“他不知道给狗狗绝育，却把小狗给活埋了。”把狗狗送到附近动物医院的施吕特说。

“它们有点脱水，而且身体里进了很多沙子。”治疗希巴和狗仔的兽医辛迪·博萨尔特说。很不幸，有三条小狗没有挺过这次灾难。“老实说，今天它们还能到这儿来，已经是个奇迹了。”

“那位母亲显然知道发生了什么事”，施吕特说，“我见过的狗狗里边，这一条是最英勇的。”

后来，赫姆里格斯遭到了全县人的唾弃，他简直是罪有应得。“写给赫姆里格斯和我的信有成百上千封，信中充斥着‘我要杀了你，我要杀了你的律师’这样愤恨的话语。”他的律师盖·塞利格曼说。

赫姆里格斯曾有过三次虐待动物、六次抛弃动物的罪行，律师的辩护无效，他最终被法庭判处四个月监禁，缓期五年执行，看他是否还会再虐待动物。

“希巴真是条非凡的狗狗，”施吕特警官说，“我觉得，那狗狗在努力挣脱锁链去救孩子的过程中吃尽了苦头。”

里根

自古以来，狗狗都不太喜欢猫，但有些狗狗会看在主人的面子上，学着忍受，跟猫和睦相处。

爱荷华州得梅因市有一条黄色的拉布拉多犬，它的名字叫里根，它不仅能容忍猫，还救了两只三周大的小猫。小猫被人遗弃在附近一条交通繁忙的路上，主人明显是有意要让它们死掉。

里根的主人凯瑞已经熟知这条狗的癖好，知道它会从附近街区把各种杂物拽回后院，有时甚至是一片垃圾。狗狗会一直关注着这一目标，直到有新东西再次吸引它的目光。所以，那天她下班后，看到一个皱皱的购买猫食的袋子放在后院时，起初并未在意。

但是，那一天，里根的行为出乎人的意料。寻常日子，凯瑞出去工作了大半天，回到家时狗狗总会欢迎她，陪伴着她，但这天的表现有些异样，它在那个猫食袋子附近哀嚎徘徊，不愿意进屋。

凯瑞打开袋子，吓了一跳，发现袋子里头不是干掉的猫粮碎屑，而是两只嚎哭着、蠕动着的小猫。它们身上全是血，身边还有几只同窝出生的小猫尸体，已经被压碎了。凯瑞把袋子拿进屋，尽力把小猫清理干净，然后意识到，它们需要特殊照顾。第二天，她给几个收容所和慈善组织打了电话，得梅因市浣熊谷动物庇护和拯救组织的琳达·布莱克利把小猫带走了。

两只存活下来的小猫分别取名叫蒂珀和斯基帕，跟其他小猫一样，拯救回来的动物背后往往都有一个动人心魄的故事。

“斯基帕和蒂珀需要有个家，它们打动了世人的心，但是，各地的收容所里都有情况类似的猫咪，”布莱克利说，“它们进入当地的收容所，万般柔弱，不停地敲击着你的心房。”

同时，布莱克利很赞赏里根拯救生命的精神和行为。“狗狗本能地去帮助小猫，没有杀死它们，”布莱克利说，“那么多血，有些狗一闻到气味就凶相毕露。里根真是个英雄。”

第十一章 明星勇犬

有些勇犬因为自身的英雄事迹成了名，很少有狗狗是因为出名才成了勇犬。总之，不管你有没有狗狗，你总会喜欢银幕上那些引人入胜的故事，那些一生总想着救人的狗狗吧！

或者，换个主题，那些做丑角的狗狗演员，不管是电视节目上的还是电影里的，让人大笑忘记烦恼的，哪怕只是那么一会儿，怎能不叫人喜欢呢？

明星勇犬或许不能在现实生活中帮人躲避灾难，却是文化中极其重要的一部分。此外，其在银幕上的勇敢表现——也可能是滑稽动作——或许能促使现实世界中的人对两条腿和四条腿的动物更加亲善一些。

从 20 世纪初的无声电影开始，明星勇犬就已经遍布世界各地。那时候，狗狗通常做大明星如查理·卓别林或巴斯特·基顿的密友——有时只出现在一个画面中。可以说，这两个演员都很狡黠，知道画面中有条狗狗有助于吸引观众。在卓别林 1915 的电影《冠军》第一幕中，他独特的小流浪汉形象出现了，手拿一个热狗，身后还跟着一条斗牛犬。影片中，狗狗是他的密友，并在主要的打斗场景中扮演了重要角色。影片很成功，卓别林也学到了很多。有些电影历史学家认为，卓别林真正确立自己的名声，是靠 1918 年的电影《狗的生活》，他在影片中树立了自己的小流浪汉形象，和一条名叫废物的杂种狗一起参了军。故事中，人和狗都无家可归，为生活而挣扎，但最后，他们都战胜了逆境。

狗狗总在抢人的镜头，不管是年轻人还是老人。1917 年，《神犬泰迪》中的泰迪把不幸的少女格洛丽亚·斯旺森从火车轨道上救了下来，虽然早在 1913 年的电影《小英雄》中，它就与麦克塞纳特的吉斯通电影公司签约，首次登上了银幕。1923 年，影片《北始何处》不仅让狗狗任丁丁成了大明星，该片还成了当年最火爆的电影，大受欢迎，点燃了任丁丁的事业生涯，也引爆了后来无止境的狗狗系列电影，让莱西、老黄狗、班吉和神犬巴迪等成了明星犬。其实，英格兰的明星勇犬出现得更早，早在 1905 年，一部历时六分钟的电影《救星罗孚》就让一条名叫罗孚的狗狗成了大明星。

戴安娜·肖布说得好：“忠诚的狗狗总是能让英雄主义回归到我们身边。我能想起来的影片中，基本上所有狗狗都对各种愚昧、误入歧途或是太过年轻的孩子，尤其是男孩起到了教导作用。男孩们需要接受男子汉气概的教育，只有狗狗能够给予。电影结束时，狗狗让男孩完成了男子汉成人之旅。在最好的狗狗电影中，这一旅途常常包括失去狗狗，与死亡对抗等情节。”

训练

明星勇犬能让我们或哭或笑，但要培训出来，让表演看似自然，需要花费的功夫是难以想象的。

找一条能成功变身电影或电视明星的狗狗倒是不难，剩下的就交给专业、投入的动物训练师了。训练师不仅要有足够的耐心，还要在第一眼看到狗狗时就能预见其天分，了解其个性。

“一般的家庭宠物和动物明星没什么区别，但训练师是不一样的。”为电影《狂犬惊魂》和《我家也有贝多芬》训练狗狗的卡尔·刘易斯·米勒说，“要让动物在对的时间和地点，跟有经验，有专长，能教动物怎么表演的人在一起。动物是好是坏，全看训练师的水平。虽然动物有特殊才能，但要靠人来发掘。”

“如果脚本需要，你邻居的大麦町犬也可能成为莱西，”米勒继续说，“不过，它还需要驯犬师路德·韦瑟瓦克斯的开发，才能成为那么伟大的狗狗。”

同时，狗狗在电影里或百老汇的舞台上要作出跟人类演员有互动的样子，训练师也要在场，所以，跟狗狗联袂主演的明星要学会怎么跟狗狗合作。为很多影片，包括《马利和我》训练动物的拉瑞·马德里认为，这是训练动物演员的过程中最艰难的一步。“你看电影时，可不愿意有这样的想法：‘哦，它没看着镜头，在看训练师呢。’”他说，“你看着电影，不会想到那是一条受过训练的动物，正看着它的训练师，那我的工作就成功了。”

除了天赋和自然魅力外，狗狗跟搭档的人类演员一样，需要排除摄影棚或电视台常有的种种干扰。比如明亮的灯光，很多人来来往往，有时还有很大的噪声，有人相互叫喊，可能是影片制作员工之间，也可能是演员之间，可能是为现实生活中的事，也可能是情节的一部分。

狗狗的血统、尺寸、颜色和个性通过测试后，严肃的训练就开始了。摄像机转动时，导演希望听到的最后一件事就是，训练师喊着口令，狗狗演员就在观众面前展现出需要的动作来，所以，训练师必须用手语和脸部表情来告诉狗狗该怎么做，通常他们都在屋子对面。

训练时间取决于剧本，如果是简单的表演，可能花上两周就行，如果是狗狗做主角的复杂电影，训练可能长达一年，而且可能需要好几个替身，在整部片子中扮演不同年龄段的角色。就以《马利和我》为例吧，影片是根据一部畅销书改编的，讲述一条黄色的拉布拉多寻回犬，看到什么就忍不住去咬。因为影片涉及马利的各个年龄段，所以，寻找和训练相应的狗狗是一项庞大的任务。不仅需要找狗狗，还需要好几个替身，演绎各阶段的生活，从幼犬时代到老年时代，而且，狗狗必须能在恰当的时候表达出它们内心深处的感情来。

该影片的首席训练师马克·福布斯在那之前曾为《101只斑点狗》训练过狗狗，但训练马利还是面临极不寻常的挑战。“这跟以前制作过的电影都不同，因为这是一条最不受控制，最粗暴的狗狗，”福布斯说，“所以，我们找的狗都要有这样的性格特点。我们有五条狗，分成 1 至 5 岁五个组。我们找来了瑞格，带它上场时，大家都叫它冰毒，它简直是一条疯狗。另外我们还有克莱德，是‘教养好了一点的冰毒’，但野蛮的性格仍然可见。”

虽然福布斯和其他训练师都兢兢业业地训练狗狗，但他们很快意识到，必须扔掉剧本，才能让电影真实反映马利的精神和天性。

“我记得第一天有个场景：珍妮（影片中的女主人公，詹妮弗·安妮斯顿饰）把马利带回家来。当时我们用来排练的狗狗是克莱德。珍妮一放开它，它就冲进来，跳到厨房的桌子上，转了个圈，舔了欧文（好莱坞知名男演员欧文·威尔逊，在影片中饰演男主人公约翰·杰罗甘）的脸，然后跑出了屋子。从那以后，导演大卫·弗兰科就不让我们，尤其是克莱德排演了。我们只让狗狗按小马利的方式，该做什么做什么。”

总之，拍摄电影的过程中一共用了二十二条拉布拉多犬，该片的另一位训练师拉瑞·马德里透露，拍摄一部以狗狗为主角的影片，不仅需要从出生到老死各个年龄段的狗狗，还要求这些狗狗有不同的脾气：疯狂、害羞、温和。

例如，马利脾气相对温和的场景，就用黄色拉布拉多犬约拿。

马德里说它是“柔和的马利”。“它演安静温驯的马利，其他演员在拍某个与它不相干的镜头时，它会坐在背景处，绝不添乱。”

在影片中使用多条狗狗会遇到意想不到的挑战:诸多小狗中，至少有两条是母的，这就意味着，需要用计算机作进一步处理。

“有一个镜头是这样的，欧文举着小狗的前腿，狗狗的肚子露了出来，”福布斯说，“导演大卫·弗兰克播放镜头给他妻子看时，他妻子说:‘那可不是条公狗。’所以，他们用计算机对小狗的画面作了一点点处理。”

不仅是耗时间训练狗狗的问题，还因为多条狗狗需要花钱，麻烦很大。最起码，训练的时间要更长一些，因为要让联袂主演的演员相互熟悉和容忍，即便只是表面上的。

在 1996 年上映的影片《猫狗也疯狂 2：旧金山历险记》中，训练师马蒂尔德·得·卡格尼使金毛寻回犬影子、美国斗牛犬狗运和喜马拉雅猫莎莎成了大明星。她负责训练出演影子的两条狗狗——克罗维斯和马泰尔。她说，跟电影的故事情节不一样，所有演狗运和影子的狗狗，第一次见面时，都完全没有爱可言。

“我们必须做大量的训练工作，把狗狗放在一起，”她说，“经过训练后就好了，但刚开始的时候，每条狗都必须被牵着绳子，因为它们相互不接受对方。”

得·卡格尼更喜欢训练年龄大一些的狗狗。“训练年龄比较大的狗狗有个优势，你能知道它们要干什么，”她说，“小狗虽然可爱，但完全不能预测它们要干吗。”

任丁丁

大约一个世纪以前的勇犬为今天的明星犬铺平了道路。不同于马利和现在的其他犬类演员，早期那些狗狗的成名之路都充满了危险和艰辛。

说到任丁丁，普遍认为它是世界上第一个真正的犬类电影明星，虽然它从一开始的处境就与众不同。可以说，它能活过幼犬时期，成为大明星，简直是个奇迹。

这条小狗是在第一次世界大战结束前两个月生的，它妈妈在法国的洛林生了一窝小狗，但不幸的是狗窝被炸弹炸了。一个名叫李·邓肯的美国士兵捡到了它和另外那个幸存的胞妹。那时它们才出生几天，士兵给它们取名叫任丁丁和纳内特，这是当时流行的两个法国玩具娃娃的名字。邓肯在军营中细心照顾它们，战争结束时，带着它们回到了美国。

不幸的是，纳内特没有活下来，邓肯把所有心思放在了哥哥的训练上。狗狗学戏法学得很快，邓肯开始在各种狗狗秀上让它一试身手。对它来说，朝空中跳十一英尺那么高一点困难都没有。邓肯的一个朋友用一台实验性的电影摄影机拍下了它的惊险动作。邓肯一看拍摄效果，马上就有了打算，希望能帮任丁丁成为明星。

没过多久，这一计划就实现了。邓肯花了无数个小时来训练任丁丁，并且在战后好莱坞的电影工作室为它寻找工作。任丁丁的第一个角色是在1922年的影片《来自地狱河的男人》中扮演一匹狼，只有很少的戏份。第二年，它在主演《北始何处》时取得了重大突破，该影片在全国剧场热卖，从那以后，任丁丁就成了一个名符其实的大影星，在全国巡演，用爪印签了几千张照片，还与人类明星，包括珍·哈露来往甚密。

这条勇犬为美国作出的贡献无与伦比。任丁丁为华纳兄弟出演了二十六部影片。人们认为，它的盛名帮助这家电影公司避开了破产的危机，而且，它的周薪高达1000美元。此外，它还开始出演一个每周广播剧。邓肯知道他的挚友不会永远活着，所以，他让任丁丁繁衍后代，确保它有条继承的狗狗，大萧条时期，可能会有急需的时候。

任丁丁死于1932年，此后它的儿子任丁丁二世登场，让这个英雄犬的故事得以延续。1947年，《任丁丁回归》首次在大银幕上亮相，让首次扮演银幕角色的年轻人罗伯特·布莱克成了明星。任丁丁出演的故事中，一般都有个共同的主线：一个孤独，可能无父无母的男孩遇见了一条狗。狗狗治愈了孩子，让他开心起来。最后狗狗和男孩在夕阳中离去。《任丁丁归来》和其他诸多让这条德国牧羊犬成名的影片都是如此。或许这一主题不断重现也不足为奇，因为邓肯孩童时期曾在孤儿院待了三年，在那里，他从未停止过寻找心目中的英雄。

1954 年，任丁丁首次在电视上露面，该系列的片子一直持续拍摄了五年。1960 年，它成了好莱坞星光大道上的明星。这条狗狗以及它的很多子孙死后，故事还在继续。1960 年邓肯死后，故事也没有就此完结。很多饲养员和经纪人接过了喂养、照顾和训练未来任丁丁的任务。2012 年，第十二个任丁丁担任美国人道协会的大使，在公共场合露面，让这一勇犬的形象更加深入人心，给了全世界人民希望。

畅销书作者苏珊·奥林用了一整本书——《任丁丁的生活及传奇》来写它的故事。书中这样描述任丁丁："这是一个概念，一个理想，一个英雄，也是一位密友，一位战士和守护神，一个不说话的天才，一个友善的异类。它是一条狗，也是很多条狗，是真实的动物，虚构的性格，是宠物，也是国际大明星。它生于 1918 年，永不死亡。"

莱西

卫星频道也让演莱西的狗狗延续了下去，跟任丁丁一样。

美国米高梅电影制片公司在1943年制作那部让一条母柯利犬成名的影片时，就希望能树立起任丁丁那样值得公众崇拜的英雄，而且远不止这些。首先，这条狗不仅是孤儿男孩的朋友，还能让整个家庭摆脱困境，不管是家园被烧毁的痛楚，还是庄稼歉收引起的经济麻烦。

米高梅电影制片公司从一开始就打算把《灵犬莱西》拍成比任丁丁系列更大的片子，制作精良的剧本，庞大的演员阵容，华丽的摄影技巧。伊丽莎白·泰勒和罗迪·麦克道尔与本片签约。最重要的是，制作人希望故事情节不再以战争为背景，因为当时美国卷入第二次世界大战已经两年，公众已疲于战争了。

制片厂让一千多条狗狗参加了试镜，路德·韦瑟瓦克斯的狗狗帕尔有几个不利条件：首先，它是公的；其次，没有证书表明它是纯种的；最后，闪耀在它鼻子上的白色条纹不符合柯利犬的标准。

不过，制片商还是让它进了候补名单，觉得它受过良好的训练，可以做女主角的替身。开拍后不久的一天，主角莱西需要跳进一条河里，游到河对面去，但那条明星犬很怕水。所以，他们给了帕尔一次机会，让它做替身。它毫不犹豫地游过河，到了对岸，爬了上去，展示了自己的演技。韦瑟瓦克斯根据剧本一直在指导它，上岸后它太累了，连抖掉身上水的力气都没有了。导演当场就决定由帕尔来主演这一角色。

这一系列的片子一直延续到了今天，《灵犬莱西》只是成功的开始。1943年至1949年之间，米高梅电影制片公司拍摄了五部有关莱西的影片，有关莱西的电视节目则于1954年开播，一直播到1971年。后来又有了一系列影片的更新和翻版重拍。

莱西的第一个训练师韦瑟瓦克斯于1985年去世，不过，为影片和电视节目训练莱西及其他动物已经成了他的家族生意。他的儿子鲍勃·韦瑟瓦克斯继承了父亲的遗产和追求完美的精神，认真训练狗狗，这也是为了维护莱西这一商标的名誉。

其实，莱西这一角色从来没用母狗演过。帕尔用出彩的演技赢得第一个角色后，韦瑟瓦克斯很快找到了一个令人信服的理由，觉得应该一直用公狗来演。

“公狗的毛一整年都比母狗好，”鲍勃解释说，“到了夏天，它们也会脱毛，不过母狗几乎要脱掉全身的毛，而公狗还能剩下三分之二，所以对拍电影来说，公狗要好得多。”

不像现在的电影《马利和我》，手头随时都有两到五条狗来出演角色，他们只用一条狗，这也是让莱西的训练师自豪的地方。“一条狗，把什么都干了，”鲍勃说，“我们可以说很幸运，在1950年，要么是1951年得了八条狗。它的记号很特别，品种不纯，独具一格。”

说到为什么公狗在片场中表现更出色，还有一个原因："它们不会有发情期，不会把很多狗狗引到拍摄场地来。" 1958 年至 1964 年参与拍摄莱西电视节目系列的明星琼·洛克哈特说："否则，我们就得用水管浇它们了。"

因为银幕上的莱西仍然是条母狗，有时必须展现出一些性别特征来，出演的狗狗忍不住会露出鄙视之情。"莱西知道的 15 到 250 个命令中，它最讨厌的一个命令是'哺乳'，"《莱西：一条狗狗的生活》的作者艾斯·柯林斯说，"它们会把蜂蜜弄到狗狗的毛上，然后让小狗去咬它的毛。"

大约每过十年，就会有人重拍一次莱西的故事。为何直到今天，莱西还是这么受欢迎？"根源在于，狗狗对人类来说意义重大。几个世纪以来，"艾斯·柯林斯说，"甚至到了今天的都市世界，家庭和宠物之间的关系依旧非常深厚。莱西展现出了所有狗狗的潜能。而且，我觉得莱西呈现出了所有人最好的一面。"

老黄狗

如果让上了年纪的狗狗爱好者说说第一部让他们热泪盈眶，对他们的爱狗生涯产生最大影响的片子，那么，这部片子无疑会是 1956 年根据弗雷德·吉普森小说改编的《老黄狗》，这可真是一部赚尽人眼泪的片子。

影片以 19 世纪 60 年代为背景，一个叫特拉维斯·科茨的小男孩，因为父亲要离开几个月，把牛群赶到另外一个地方，他在此期间担起了管理农场，照顾母亲和弟弟的责任，并迅速成长起来。

一条狗狗出现，成了特拉维斯的朋友，虽然妈妈告诫他要提防，但男孩还是很喜欢那条狗。影片中，狗狗帮助一家人摆脱困境，抵挡住了各种各样的入侵。为保护科茨一家，与狼打斗后，老黄狗染上了狂犬病，特拉维斯不得已开枪打死了老黄狗。

特拉维斯唯一的安慰就是抚养老黄狗的孩子。这部片子就是成人看了也很难受，更别说小孩了。有个评论家因为要讨论电视上播放的这部老片，硬着头皮又把儿时看过的片子看了一遍。“1957 年，一个 8 岁的小男孩坐在电影院里看《老黄狗》，最后哭成了泪人，”丹尼尔·露丝说，“二十九年后，重现经典的迪斯尼影片仍然有同样的效果。你要是不相信，就自己坐下去看吧。周日的晚上，围绕在电视机旁的父母在抽泣，小孩在挥泪，电视成了一堵哭墙。”

而且，即便在电影中扮演了明星角色，也不意味着你可以免受这种感情冲击。“哎呀，鸡皮疙瘩都起来了，”在影片中扮演父亲的菲斯·帕克说，“那种成长的时刻……太难了。回首自己的生活经历，我对自己的孩子和孙辈说，外面的世界太艰难了。”

总之，你所挚爱的狗狗，不管是明星勇犬还是品种不详的狗，说到它们时，只有一件事最重要，也是它们教会我们的事。

“每个人都要面对死亡。狗狗教会了我们该如何面对，”拉瑞·马德里说，“它们给你的生活带来了太多欢乐，但是，想想自己拥有过的狗狗，回首那些欢乐的时光，你会发现‘天哪，它们只能活 10 年左右’。所以，像狗狗一样，好好珍惜生活吧。”

伊迪

在大受观众喜爱的超长系列电视节目《欢乐一家亲》中，经常抢主人镜头的杰克梗犬伊迪于吉日良辰来到了这个世上。

山姆和康妮·蒂斯给它取名叫麋鹿，因为1989年圣诞前夕生的那窝狗狗中，它是个头最大的一只。主人把其他狗狗都卖掉了，只留下了它。“它很野。”康妮说。

“它会爬树，能直直往上跳6英尺那么高。它还喜欢在牛粪上打滚，尤其是洗完澡之后。”

没过多久，麋鹿就野得让蒂斯一家养不住了，康妮觉得它这种旺盛的精力和好奇心应该能在演艺圈有发挥空间。佛罗里达环球影城的动物训练师凯西·莫里森同意把它带走。

“它太难训练了，因为积习难改，”莫里森说，“一回到家，你会发现它在桌子上，吃了上面的什么东西。要么就是在撕扯物件，反正总在做些淘气的事。”

莫里森训练了麋鹿十八个月后，有消息说《欢乐一家亲》的制片商要为节目找一条狗狗。她和麋鹿去试镜，成功赢得了那个角色。

训练师马蒂尔德·得·凯格尼接替训练任务，没过多久，麋鹿——现在叫伊迪，就开始演出了，并从此出人头地。“有些日子它比较亢奋，有时候好一些，”凯格尼说，“不过它是条很聪明的狗。不管学什么戏法，一般用不了两周就能学会。”

很快，伊迪在《欢乐一家亲》中的演出就值10000美元一集了，它收到的粉丝来信比其他演员都要多。不过，他们不介意被它抢了镜头，因为它的声望会吸引更多人来看这个节目。

伊迪在银幕上的角色之所以得到赞赏，主要还得归功于凯格尼。“我们就像一对老夫老妻，”她说，“我一直在离它10英尺远的地方，我们相互之间有很多无声的交流，用手势或眼神交流，只有在场的观众可以看到。”

伊迪为这个节目演了十年，得到的掌声太多了。它甚至出了自传:《我的狗狗生活》。“伊迪是一个出色的演员，比好莱坞大多数演员都表现出色。”凯格尼说。

伊迪死于2006年6月28日，享年十六岁。因为节目还在往下播，它的儿子恩佐——长得跟它几乎一模一样——开始在节目中代替老爸的角色，恩佐只需在背部补一点点妆，画上棕色斑点就可以了。

图书在版编目（CIP）数据

为爱而来 /【美】丽莎·罗嘉克著 ; 潘艳梅译. —合肥 : 黄山书社，2014.10
ISBN 978-7-5461-4735-2

Ⅰ. ①为… Ⅱ. ①丽… ②潘… Ⅲ. ①故事－作品集－美国－现代 Ⅳ. ① I712.45

中国版本图书馆 CIP 数据核字 (2014) 第 230523 号

版权合同登记号：12131325

为爱而来
WEI AI ER LAI
【美】丽莎·罗嘉克 著　潘艳梅 译

出 版 人　任耕耘
策　　划　任耕耘 杨　雯
责任编辑　江一常
特约编辑　赵迪秋
装帧设计　齐　娜

出版发行　时代出版传媒股份有限公司（http://www.press-mart.com）
黄山书社（http://www.hspress.cn）
官方直营书店（http://www.hsssbook.taobao.com）
营销部电话：0551-63533762　63533768
（合肥市政务文化新区翡翠路 1118 号出版传媒广场 7 层 邮编：230071）
经　　销　新华书店
印　　刷　合肥中德印刷培训中心印刷厂

开本　880×1230　1/32　印张　7.25　字数　180 千字
版次　2015 年 3 月第 1 版　印次　2015 年 3 月第 1 次印刷
书号　ISBN 978-7-5461-4735-2　定价　30.00 元